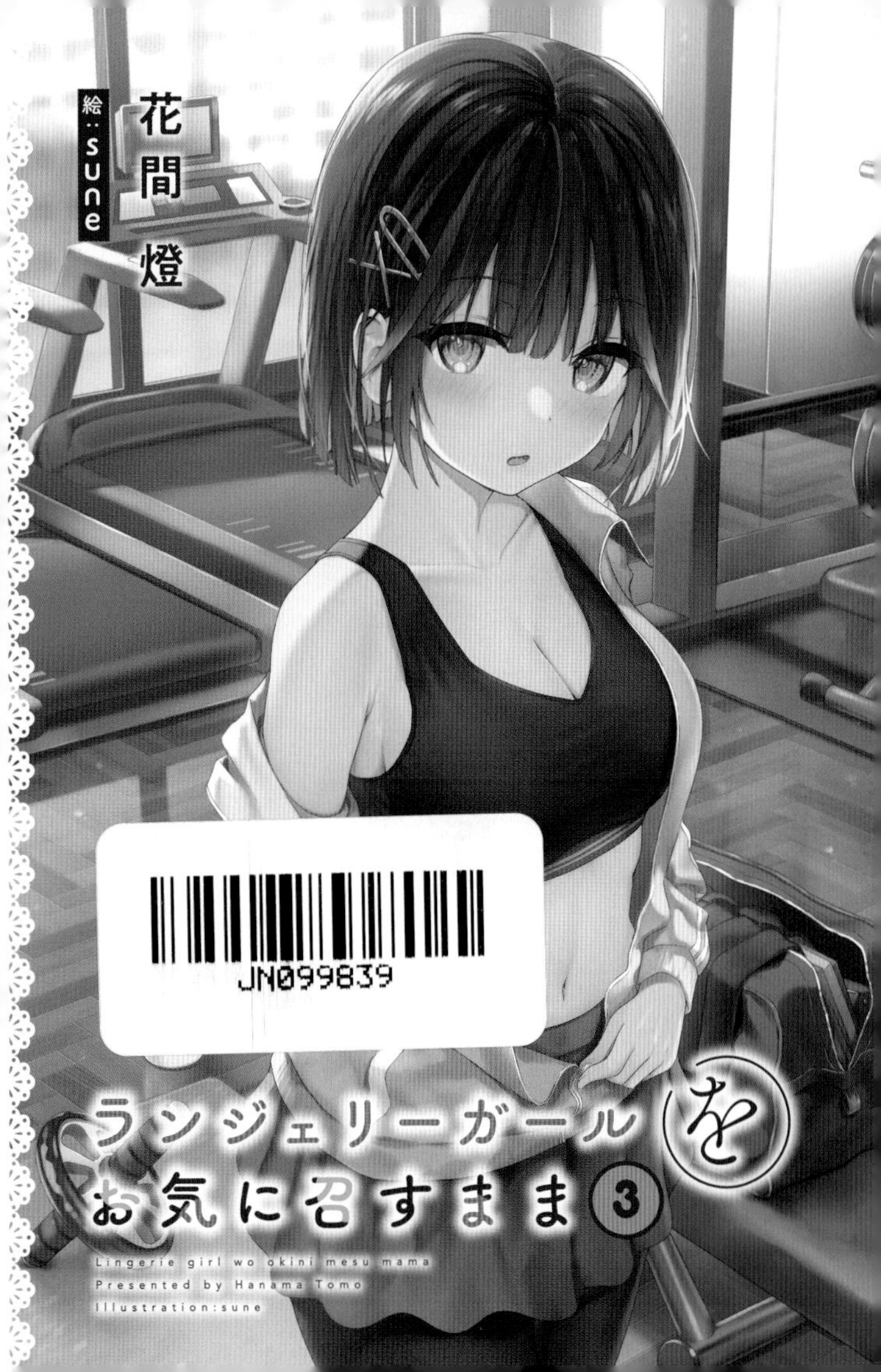
花間燈
絵：sune
ランジェリーガールをお気に召すまま 3
Lingerie girl wo okini mesu mama
Presented by Hanama Tomo
Illustration:sune

「じゃあ、まずはなにして遊びます？」

「はいっ！　私はビーチバレーがいいと思います！」
Lingerie girl
wo
okini mesu mama 3

「あれって……」

Lingerie girl
wo
okini mesu mama 3

「あっ、恵太先輩！
クレープの移動販売やってますよ！」
Lingerie girl
wo
okini mesu mama 3

CONTENTS

ランジェリーガールをお気に召すまま３

花間 燈

MF文庫J

口絵・本文イラスト●sune

プロローグ
Prologue

「――通気性を考えるなら、ノーパンがベストじゃないかな？」

それは、七月も中旬となったとある平日の放課後。

自宅マンションに続く歩道を歩行中、学生鞄《かばん》を手にした制服姿の澪《みお》の隣で、同じく制服姿の恵太《けいた》がそんなことを言い放った。

「あんまり興味もないですけど、いきなりなんの話ですか？」

「いや、ふと思ってさ。これからの季節、下着の蒸れってけっこう深刻な問題だと思うけど、そもそもパンツを穿《は》いていなければ蒸れる心配もないのではと」

「それでノーパンですか」

「水野《みずの》さんはどう思う？」

「どう思うと言われても……真面目な話、ノーパンだと汗を止めれるものがないから逆に困ると思いますよ」

「なるほど、スカートを穿かない俺にはわからない話だね」

「浦島《うらしま》君がスカート穿いてたらドン引きです」

「じゃあ、今度実験してみようか」

「実験？」

「うん。水野《みずの》さんにノーパンで登校してもらって、データを収集する実験」

「絶対にしませんからね、そんな実験」

クールに断られてしまった。

取り付く島もない感じだ。

残念ではあるものの、無理強いはできないので実験は諦めることにする。

それはそれとして、家の方向が違う恵太《けいた》と澪《みお》がこうして帰路を共にしているのには理由があって――

「まったく、浦島《うらしま》君は……泉《いずみ》にTバックをすすめたと思ったら今度はノーパンとか……今日試着する予定のサンプルはちゃんとした下着なんでしょうね？」

「そうだね、放送できるギリギリを攻めた感じかな」

「……紐《ひも》みたいなのだったら帰りますよ？」

「あはは、冗談だよ。布面積はいつも通りだから」

「だといいですけど……」

本日はこれから下着の試着会があるのだ。

学校の被服準備室でもいいのだが、鍵がかかるとはいえ、さすがに校舎の一室で女子が裸になるのはリスクが高い。

そのため、試作品の試着は基本的に浦島家のマンションで行うことになっていた。

「……」

歩を進めながら、恵太はちらりと視線を横に向ける。

視界に入るのはもちろん同級生の女の子。

普段通り澄ました顔をしている澪だが、夏季制服に身を包んだ彼女の首筋にはほんのり汗が滲《にじ》んでいた。

猛暑というほどではないが、しっかりと夏の気配を感じる暑さだ。

早くクーラーの恩恵にあずかりたい。

そして水野さんは今、どんなパンツを穿《は》いているんだろう？

真剣な顔でそんなことを考えていると、こちらを向いた澪と目が合った。

「浦島君？　どうかしました？」

「なんでもないよ」

「そうですか？　なんだか邪《よこしま》な視線を感じましたが……」

少しだけ目を細める澪。

いぶかしそうにしながらも彼女は再び前を向く。

「それにしても、今日は少し暑いですね」

「そうだね」

「一瞬、暑いからノーパンとかおかしなことを言い出したのかと思いましたが、浦島《うらしま》君は普段から変態でしたね」

「いやー、それほどでもないよ」

「褒めてないです」

定番となりつつあるやり取りをしながら汗ばむ暑さの中を進み、自宅マンションにたどりつく。

すると見慣れた建物の前に、これまた見慣れた少女の姿を発見した。

「あ、お兄ちゃん……」

「あれ？　姫咲《ひさき》ちゃん？」

マンションの前に立っていたのは愛する妹分。

身長161センチで胸は隠れ巨乳なEカップ。

中学校のセーラー服に身を包み、髪をサイドテールにした彼女の名前は浦島姫咲。

実の妹ではなくいとこにあたり、苗字《みようじ》が同じなのは両者の父親どうしが兄弟だからなのだが、それよりも気になるのは——

「そちらの方はどちらさま？」

恵太《けいた》が視線を向けた先、愛する妹分の横に見知らぬ少年が立っていた。

特徴的な短髪に、オーソドックスなデザインの学生服姿。

背丈は姫咲《ひさき》よりやや低いくらいで、澪《みお》より少し高いものの、男子としては小柄な部類だろう。

「……」

「あれ？　なんか俺、睨《にら》まれてる？」

なぜか見るからに不機嫌そうな顔をしている謎の少年A。

そんな彼が、まるで親の仇《かたき》でも見るような目を向けているのは誰あろう、浦島恵太《うらしまけいた》その人だったのだけど、彼と初対面の恵太としては反応に困ってしまう。

「あ、えっとね？　この人は――」

姫咲が何か言いかけたその時、

「――渚《なぎさ》？」

恵太の隣でそう口にしたのは、驚いた様子の澪だった。

「水野《みずの》さん、知り合いなの？」

「知り合いというか……わたしの弟です」

「弟？」

改めて彼を見る。

じっくりと不機嫌そうなその顔を確認する。

「たしかに、言われてみると似てるね。目元とか」

「よく言われます」

謎の少年Ａの素性が判明した。

彼は澪の弟で、名前は渚というらしい。

「水野君、わたしと同じ学校なの」

「ああ、そうだったんだ」

弟がいることは澪に聞いていた。

まさか姫咲と同じ学校の生徒とは思わなかったが、そういうこともあるだろう。

となると次の疑問は、どうして彼がここにいるかということだが――

「というか、どうして渚がここにいるんですか？」

恵太が考えていたことと同じ質問を澪がする。

すると、渚がムスっとした表情のままチラリと姉を見て、その質問には答えず再び恵太に視線を戻す。

「アンタが浦島姫咲の兄貴か？」

「浦島恵太です。初めまして、渚君」

正確には姫咲のいとこなのだが、恵太としては姫咲のことを実の妹だと思っているのでその認識で問題はないだろう。

「渚君のお姉さんにはいつもお世話になってます」

「お世話ねぇ……？」

「ん？」

「いったい、どんな卑猥《ひわい》なお世話をしてもらってるんだか……」

「え……？」

恵太《けいた》としては無難に挨拶をしたつもりだったのだが、向けられたのはさっきよりも鋭い視線。

それはもうなんというか、掛け値なしの明らかな敵意で。

「ええっと……」

嫌われる理由に心当たりのない恵太は戸惑うことしかできない。

(俺、なにかしたっけ？　弟さんとは初対面のはずだけど……)

憶《おぼ》えてないだけで過去に接点があっただろうか？

突如として漂い始めた険悪な雰囲気。

オロオロしている姫咲《ひさき》と、同じく事態が呑《の》み込めない恵太と澪《みお》が見守るなか、渚《なぎさ》がここにきた目的を告げる。

「単刀直入に言う。——僕は、姉さんに下着のモデルを辞めさせにきたんだ」

第一章 変態がうざい弟の話

Lingerie girl wo okini mesu mama

水野《みずの》渚との出会いのあと、さすがに長時間マンション前で騒ぐわけにもいかず、恵太は件《くだん》の弟君を自宅に招くことにした。

仕事でいろいろとお世話になっている澪のご家族である。無下にできるはずもない。

そんなこんなで住み慣れた我が家自慢のリビング。

ちょうど四人掛けのダイニングテーブルを浦島《うらしま》家と水野家で分けて座ってみた。

恵太の正面に渚。

姫咲の正面に澪が座っている配置である。

ちなみに乙葉《おとは》はまだ帰宅していなかったが、先ほどクーラーをつけたので室内は快適だ。

文明の利器により適温に保たれた部屋のなか、姫咲が用意してくれた麦茶に手をつけることなく渚が口火を切る。

「今日、学校で浦島に聞いたんだ。姉さんが下着作りに協力してるって……」

経緯としてはだいたい次のような感じだ。

友人の代理で美化委員の集会に参加した渚に姫咲が接触し、彼が澪の弟だとわかった姫咲が恵太たちの話をしたらしいのだが……

「けど、それでなんで渚君《なぎさ》は怒ってるの？」

「……浦島《うらしま》の兄貴が、仕事にかこつけて僕の姉さんにいやらしいことをしてるって聞いたから……」

「いやらしいこと？」

はて？　と首を傾《かし》げて恵太《けいた》がはす向かいの澪《みお》を見る。

「俺、水野《みずの》さんにそんなことしたっけ？」

「数えきれないほどしてますよ」

即答である。

思い返せば下着姿を見せろと迫ったり、事故とはいえ学校の一室で彼女の胸に顔を埋《うず》めたり、確かに数々の狼藉《ろうぜき》を働いてしまっていた。

というか普通にセクハラ案件だった。

澪の暴露を受け、渚が興奮した様子でまくし立てる。

「だいたいランジェリーデザイナーってなんなんだよ!?　男子高生が女子の下着を作ってるとか意味がわからないし！　それでなんで姉さんがモデルなんかしてるんだよ!?」

「水野さん、モデルのこと家族に話してなかったの？」

「言えるわけないじゃないですか。同級生の男の子に下着姿を見せてるなんて……」

ごもっともである。

同級生の男子相手に可愛《かわい》い下着姿をお披露目《ひろめ》しているとか、どんな顔で親や弟に話せばいいというのか。

なんとか誤解をとければいいのだが、なおも渚の興奮は収まらない。

「しかも聞いた話だと、最近は女子を自分の部屋に集めて下着の試着会をしたっていうし！」

「ああ、アレは壮観だったね」

「今思えば完全にアウトですよね、アレ……」

楽しげな恵太とは対照的に澪が苦い顔をする。

アレは本当に素晴らしいイベントだった。

水野澪に北条絢花《ほうじょうあやか》、長谷川雪菜《はせがわゆきな》に浜崎瑠衣《はまさきるい》と、四人の美少女たちに自らがデザインしたランジェリーを着けさせ、その姿をじっくりと観察したのだ。

ランジェリーのファッションショーは良い思い出として脳裏に刻まれている。

そのあともクラスメイトである佐藤泉《さとういずみ》のためにTバックを新調したりと、本当にハレンチなことしかしていない。

「でも、水野さんだってまんざらでもない感じだったじゃん」

「ちょっと浦島君⁉　誤解を招く言い方しないでください！　アレは浦島君の新作下着が可愛かっただけですから……っ！」

すかさず反論する水野《みずの》さん。

隣に弟がいるためか、めずらしく焦っている様子だ。

ふたりが仲良く騒いでいるところへ渚《なぎさ》が割って入ってくる。

「だいたいアンタ、今日だって姉さんを家に連れ込んでなにしようとしてたんだよ」

「ん？　新作の試作品ができたから、試着してもらうつもりだったんだけど」

「試着……だと？」

「うん。水野さんに実際に着けてもらって、出来栄えを確認するんだよ」

「出来栄えの確認だと……？」

突然、両手でテーブルを叩《たた》いた渚が立ち上がる。

そして隣に座る澪《みお》を指さして、

「ふざけるのも大概にしろ！　こんなに可愛《かわい》い姉さんの下着姿を前にして、それだけで済むわけがないだろ！　とても口にはできないようないかがわしいことをするつもりだったんだろうが！」

「ええええっ!?」

「渚!?　あなた、なにを言ってるんですか!?」

「姉さんがこんな変態野郎の慰み者にされてるなんて、僕は耐えられない……っ！」

「してないから、そんなこと!?」

「されてませんよ、そんなこと!?」

恵太《けいた》と澪が揃《そろ》って否定する。

必死に否定すればするほど怪しく思えるのはなぜだろうという些細《ささい》な疑問はさておき、どうやら彼はとんでもない勘違いをしているようだ。

(まあ、実際に水野さんの下着姿は見てるわけだから、じゅうぶんいかがわしいことはしてるんだけど……)

自分の姉が男子に下着姿を見せていたのだ。

それを聞いて心配になるのは家族として当然の心理だろう。

恵太だって他社のランジェリーデザイナーに姫咲《ひさき》や乙葉《おとは》の下着姿を見られるのは嫌だし、渚の気持ちは理解できる。

「とにかくアンタは金輪際、姉さんには近づくな！　姉さんをお前のような変態には渡さないからな！」

「えー……」

「帰るぞ、姉さん」

「あっ、ちょっと渚!?」

自分と姉、ふたりぶんの鞄《かばん》を持った渚に手を引かれ、席を立った澪がドアのほうに連れていかれる。

リビングを出る直前、彼女はこちらに振り返って、

「すみません浦島《うらしま》君！　今日は帰ります！」

「わかった。また学校で」

そのほうがいいだろう。どのみち試着会どころではない。

ふたりのお客さんが帰り、静寂を取り戻したリビングで、黙って経緯を見守っていた姫《ひ》咲《さき》がおずおずと口を開く。

「澪《みお》さんたち、帰っちゃったね」

「そうだね」

帰ったというか、澪が渚《なぎさ》に連れ去られた感じだったが。

「姫咲ちゃん、渚君と同じ学校だったんだね」

「うん。苗字《みょうじ》が同じだから、澪さんの弟なのかと思って話しかけたんだけど……モデルのことを言ってないとは思わなくて……」

「ああ、それで話しちゃったのか」

「ごめんね？　わたしが水野《みずの》君に伝えちゃったから……」

「姫咲ちゃんのせいじゃないよ」

慰めるようにいとこの頭を撫《な》でてやる。

「今後も水野さんにモデルを続けてもらうなら、いずれ出てきた問題だろうしね」

「澪さん、大丈夫かな？」

「どうだろ。渚君、けっこう思い込みが激しいタイプみたいだしね……」

冒頭からずいぶんと壮大な勘違いをしていたし。

恵太《けいた》に対する拒絶反応を見る限り、彼を説得するのは骨が折れそうだ。

「……澪さん、モデルを辞めたりしないよね？」

「それは困るね……水野さんは今やリュグのエースモデルだし、水野さんをイメージして作った下着の売り上げもいい感じだし、水野さんのいないランジェリーライフなんて考えられないよ」

実際のところ彼女の貢献度は目を見張るものがあった。

最初は抵抗していた澪も、最近は自分から下着を見せてくれるようになったし、モデルの仕事も板についてきたところなのだ。

恵太個人の心情としても、彼女にはリュグに留《とど》まってほしいと思っている。

「とにかく今は、水野さんを信じるしかないね」

◆

マンションから帰宅したあと、水野家では緊急家族会議が開かれていた。

隙間風の厳しいボロアパートの一室、澪《みお》の私室である六畳の和室に、未《いま》だ制服姿の姉と弟のふたりがローテーブルを挟んで正座していたのだが――

「……」

「……」

この通り、お互いに険しい表情で。

先に沈黙を破ったのは弟の渚《なぎさ》だった。

「で？　どういうことなんだよ、姉さん？」

「どういうこと、とは？」

「とぼけるなって。家族に内緒でいかがわしいバイトをしてたことだよ」

「バイトじゃないですよ。お金だってもらってませんし……見返りとして新作下着のサンプルをいただいてますけど……」

「なるほど。どうりで最近、高そうな下着を着けるようになったと思った」

「う……」

言うまでもないが、ふたりが暮らすアパートは狭い。

洗濯物を干す場所だって限られているし、小さな女性用下着といえども完全に隠すのは不可能だった。

暑くなってからは恵太《けいた》のくれたキャミソールで生活したりしていたし。

ボンビーガールの澪が高級品を身に着けていたことを、渚も不審に思っていたようだ。

「……だとしても、渚に関係ありますか？」

「は？」

「浦島《うらしま》君のところで下着のモデルをしようと、そんなのはわたしの勝手じゃないですか。わたしだって可愛《かわい》い下着を着けてみたかったんです！」

「いやまあ、そりゃ、前の下着は色気がなさすぎたけどさ……」

前の下着――例のワンコインランジェリーは部屋の押入《おしい》れに念入りに封印してある。

二度と使うことはないだろうけれど、三年もの間連れ添った相棒たちを廃棄するのは気が引けたのだ。

「……姉さんって、アイツと付き合ってんの？」

「はい？」

「だから、浦島の奴《やつ》と付き合ってるのかって訊《き》いてるんだけど」

「は、はああっ!?　そ、そんなわけないじゃないですかっ!?」

思わぬ指摘をされて顔が熱くなる。

いきなり変なことを言わないでほしい。

「じゃあ、アイツのことが好きとか？」

「なんでそうなるの!?」

「だって見せてるんだろ？　アイツに、ブラとかパンツを」

「それは……そうですけど……」

「女子って男に着替えを覗《のぞ》かれるのとかめちゃくちゃ嫌がるじゃん。普通、好きでもない奴《やつ》に見せたりしないだろ」

「わ、わたしはただ、リュグの下着が欲しいだけですし……」

「そもそもそれ、メリットとデメリットが釣り合ってなくないか？　ランジェリーデザイナーって女子のパンツとかブラジャーとか作ってるんだろ？　アイツ、絶対変態じゃん」

「たしかに、浦島《うらしま》君はまごうことなき変態ですけど……」

その点に関してフォローするつもりは澪《みお》にもない。

恵太《けいた》が変態なのは純然たる事実なのだから。

それでも、彼が本気で下着作りに臨んでいるのは本当だ。

そういう恵太の姿を見たからこそ、澪は彼に協力したいと思ったのだ。

「それに、家族にも言わなかったってことは、後ろめたいことがあったからだろ」

「う……」

リュグの新作下着につられて協力を申し出たことは事実だ。

もちろん、下着事情で困っていたところを救ってくれた恵太に恩返しがしたかったのもある。

ただ、どういった事情があれ、異性に下着姿を見せていることを家族に知られるのは嫌だったのだ。

「僕は心配なんだよ。姉さんが、悪い男に騙《だま》されてるんじゃないかって……」

「渚《なぎさ》……」

「仕事とか言って姉さんの裸を見たことを、僕は絶対に許さない……」

「な、渚……？」

気持ちは嬉《うれ》しいが、弟の愛が少しこわい。

昔は素直で可愛《かわい》かったのに、いつからこんな感じになってしまったのだろう。

「心配してくれるのは嬉しいですけど、浦島君は渚の思ってるような悪い人じゃないですよ。変態でデリカシーがないですけど、誰かのために一生懸命になれる優しい人です」

澪だけじゃない。

絢花《あやか》や雪菜《ゆきな》、瑠衣《るい》に対しても同じ。

相手の抱える問題を解決しようとして、一生懸命になれる人だ。

それだけはわかってほしかったのだが――

「そんなにアイツがいいのかよ……」

「渚……？」

突然、立ち上がった弟が部屋のドアに向かう。

ドアノブを握って扉を開けると、顔だけをこちらに向けた。

「とにかく、下着のモデルなんてもう辞めろよな。これ以上アイツとの関係を続けるようなら、今回のことは父さんに報告させてもらうから」

「えっ⁉」

こちらの返事を待たずに渚《なぎさ》が部屋を出ていってしまった。

正直、このことを父親に知られるのはまずい。

優しい人ではあるが、娘が下着のモデルをしていることを知ったらさすがにいい顔はしないだろう。

最悪の場合、恵太《けいた》の下着作りに協力できなくなるかもしれない。

「これは、困ったことになりましたね……」

◇

翌日、放課後の被服準備室に恵太とリュグの女子メンバーふたりが集結していた。

いつもの椅子に恵太が、その隣に幼馴染《おさななじみ》の絢花《あやか》が座り、テーブルを挟んで正面に澪《みお》がちょこんと腰掛けていて――

「というわけで、渚と喧嘩《けんか》をしてしまいました……」

すっかり気落ちした様子で事のあらましを報告した。

「あの子があんなにわからず屋だとは思いませんでした。あまりに腹が立ったので、今日の朝ご飯は手を抜いておにぎりにしましたよ！　おかか入りの！」

「怒っててもご飯の用意はしてあげるのね」

「水野《みずの》さんが優しすぎる件」

言葉の端々から母性がにじみ出ている。

彼女の母親が家を出ていって以来、忙しい父親に代わって弟の面倒を見てきたらしいので、澪にとって渚は本当に子どものような存在なのかもしれない。

「話を聞く限り、弟さんは澪さんがモデルをすることに反対なのよね？」

「はい……もしもこのことがお父さんに知られたら、下着作りに協力できなくなるかもしれません……」

「私はもともと雑誌のモデルもしてるし、両親も放任主義だから問題ないけど、普通の親御さんなら止めるでしょうね」

「会社《うち》としても、保護者に言われたら強制はできないしね」

大人びて見える澪だが、それでも未成年なことに変わりはない。

モデルとして下着作りに協力してもらい、その見返りとして新作下着のサンプルを提供する――これらは澪の厚意によって成り立っている契約だ。

それに、この件が原因で彼女の家族関係に溝ができるのは恵太《けいた》の望むところではない。

「私は嫌よ？　澪《みお》さんとワンナイトする夢が叶《かな》うまで離脱なんて許さないわ」

「絢花《あやか》ちゃん、欲望が駄々《だだ》漏れになってるよ」

百合《ゆり》系金髪モデルの欲望はさておき。

これはなかなかに由々《ゆゆ》しき事態である。

「わたしも、モデルを辞めたくありません」

「水野《みずの》さん……」

「となると、弟さんを説得して了承を得るしかないわね」

「けど、どうやって？　渚《なぎさ》君とは少し話をしたけど、俺はどうにも嫌われてるみたいだったし、聞く耳を持ってくれる感じじゃなかったよ？」

「うーん、そうね……」

金髪の幼馴染《おさななじみ》が、考えるようにおとがいに指を添える。

「それなら、私が弟さんに頼むのはどうかしら？」

「絢花ちゃんが？」

「相手はウブな中学生の男の子なのよ？　私みたいな超絶可愛《かわい》い美少女にお願いされたら、即ＯＫしてくれると思うわ」

「その底なしの自信は見習いたいところだけど、たぶん無理だと思うよ」

「わたしも、さすがに無理だと思います……」

「えー……ナイスアイデアだと思ったのに……」

後輩ふたりの采配で絢花の案はボツに。

仕方がないので、今度は恵太がアイデアを出してみる。

「渚君にリュグのランジェリーをプレゼントして、下着の素晴らしさを知ってもらうというのはどうかな？」

「どうもこうも、普通に却下ですよ」

「そうね。その案は私より酷《ひど》いと思うわ」

女子ふたりに冷めた目で言われてしまった。

「俺がデザインした渾身《こんしん》のパンツを贈れば、本気で下着作りに取り組んでることが伝わると思ったんだけど……」

「パンツを贈った瞬間、変態だと思われて終わりですよ」

「男にランジェリーをプレゼントされるって、恐怖以外の何物でもないわよね」

確かに、男に女物の下着をもらっても反応に困るかもしれない。

なかなか建設的なアイデアが出ないなか、恵太の横で頬杖《ほおづえ》をついていた絢花がこぼす。

「思ったのだけど、今回の問題って、付き合ってもいない男子に下着姿を見せるのが倫理的にアウトって話なのよね？」

「？　まあ、そうですね。渚《なぎさ》もそう言ってましたし」

「だったら、恋人のフリをすればいいんじゃない？」

「え？」

「恵太《けいた》君と澪《みお》さんが、付き合ってることにしちゃえばいいのよ」

「………」

絢花《あやか》の提案に澪が絶句する。

対して恵太はいつものほほんとした調子で、

「なるほどね。たしかに、恋人どうしなら下着姿を見ても問題ないかも」

「いや、問題大アリですよ!?　そんな、わたしたちが付き合うことにするとか……浦島《うらしま》君はなんでそんなに冷静なんですか!?」

「恋人のフリなら、雪菜《ゆきな》ちゃんの時に一度やってるからね」

「……そういえばそうでしたね」

澪の協力を取りつけ、絢花の百合《ゆり》属性が澪にバレたあと。

仕事の関係で巨乳の女の子を探していた恵太は、男子にモテすぎて困っていた雪菜のために、下着のモデルをしてもらうという条件で偽彼氏の役を引き受けたのだ。

「あの時は『雪菜ちゃん親衛隊』のせいでえらい目にあったけど、渚君だけならそこまで負担じゃないし、やってみる価値はあるんじゃないかな」

「わたしと浦島君が恋人どうしに……？」

頰《ほお》を微《かす》かに赤く染めた澪が、ちらりと恵太のほうを見る。

「たしかにそれなら渚を説得できるかもしれませんが……でもわたし、渚に浦島君とはそういう関係じゃないって言っちゃったんですけど……」

「恥ずかしくて言い出せなかったって言えば通ると思うわ」

「うーん……」

澪が悩む素振りを見せる。

絢花の案は名案に思えたが、澪は乗り気ではないようだ。

いくら渚を説得するためとはいえ、嫌がる女の子に無理強いはしたくない。

「水野《みずの》さんは嫌？」

「え？」

「嫌なら別の案を考えるけど」

「……別に、嫌なわけじゃないですケド……心の中で複雑な感情が渋滞してるといいますか……」

「嫌じゃないのに、なんでそんな煮え切らない感じなの？」

「……」

素朴な疑問を口に出すと、恨めしそうな顔で睨《にら》まれてしまった。

そればかりか、いつの間にか幼馴染《おさななじみ》にも白い目で見られていて……

「恵太《けいた》君は本当に女たらしね」

「どういうことなの？」

絢花《あやか》の台詞《せりふ》の意味も、澪《みお》が不機嫌な理由もまったくわからない。

振り返ってみてもどこに地雷が埋まっていたのかまるで見当がつかないし。

恵太が困っていると、絢花が仕方なさそうにフォローに入ってくれる。

「まあ、今回は弟さんの説得ができればいいわけだから、それらしいツーショット写真を何枚か撮って見せるだけでいいんじゃないかしら？」

「……そうですね」

こうして渋々頷《うなず》いた澪とツーショット写真を撮ることになったのだけど……

「水野《みずの》さん、また顔がこわばってるよ」

「そ、そう言われましても……」

「これは到底カップルの写真には見えないわね……」

こんな感じで、いざ撮影する段階になると澪が緊張からぎこちない感じになってしまい、結局それらしい写真は撮れなかったため、実際にイチャイチャしてる現場を渚《なぎさ》に見せつける方向で計画を進めることになったのだった。

◆

その日、バレー部の練習を終えた渚は制服に着替えて学校を出た。

時刻は六時半過ぎ。七月なのでまだ外は夕暮れ時といった時間帯だ。

「今日はぜんぜん集中できなかった……」

帰り道を歩きながら思うのは昨日の姉との一件だ。

相手を心配してのこととはいえ、最終的に喧嘩《けんか》みたいになってしまい、それが気になって練習に身が入らなかったのだ。

「昨日は練習をサボっちゃったし、その分を取り返したかったのに……。それにしてもアイツ、見るからに軽薄そうな奴《やつ》だったな……」

眼鏡の天然パーマ——浦島《うらしま》恵太の顔を思い出して眉間にシワを寄せる。

奴の家に乗り込んだことはまったく後悔していない。

実際に話してみてわかったが、奴は生粋《きっすい》の変態だ。

「同級生の女子に自作の下着を試着させるとか、正気の沙汰とは思えないし……」

愛する姉が、どこの馬の骨とも知れない男にもてあそばれているのを見過ごせるわけがない。

「姉さんは、あんな奴のどこがいいんだか……」

本人は否定していたが、澪《みお》が奴《やつ》のことを憎からず思っているのは感じ取れた。

長年、地味な下着を愛用していた姉が、急に色気づいた理由が浦島恵太《うらしまけいた》にあるのは間違いない。

別に姉の色恋沙汰に口を挟むつもりはないが、それでも奴だけは許せない。

女子を集めて下着の試着会を開いてる人間が、姉に相応《ふさわ》しいとはどうしても思えなかった。

「僕が姉さんを正気に戻してやらないと……」

そのためにも、まずはモデルを辞めさせないといけない。

澪は新作下着をエサに、あの変態にいいように利用されているだけなのだから。

そんなことを考えながら、学校から家までの徒歩三十分ほどの距離を踏破し、渚《なぎさ》は自宅アパートに帰り着いた。

住まいは年季の入った木造二階建て。

部屋は狭いし、隙間風は酷《ひど》いがそのぶん家賃は格安だ。

錆《さび》の浮いた手すりは使わずに、ボロボロの階段を上がった渚はズボンのポケットから取り出した鍵を使い、そっと自宅のドアを開ける。

「ただいま……って、あれ？」

そこで足を止めたのは、玄関に見覚えのない靴があったからだ。

見慣れた姉のローファーの横に、見慣れないスニーカー。

サイズは渚のものより大きい。明らかに男物だ。

「…………」

なんだか嫌な予感がする――

自分のあずかり知らないところで、とんでもない事態が起きている気がして、靴を脱いだ渚は息を殺して姉の部屋に向かった。

閉め切られたドアの前に立ち、その表面にそっと耳を当ててみる。

すると、中からボソボソと話し声が聞こえてきた。

「――こ、こんな感じでどうでしょうか……？」

最初に聞こえたのは消極的な雰囲気の女子の声。

「――いいと思うよ。もっと大胆にいってみよう」

それに答えたのは、なんとも緊張感に欠ける軽薄そうな男の声だった。

「（姉さんと……男の声だ……）」

思った通り、やはり男を連れ込んでいたらしい。

「――うぅ……浦島君……これ、すごく恥ずかしいです……」

「（!?　ね、姉さんが浦島を連れ込んで恥ずかしいことをしているだと……っ!?）」

衝撃の展開である。

このドアの向こうで、いったいどんな恥ずかしいことをしているというのか。

そりゃあ澪《みお》もお年頃だし、そういうことがあってもおかしくないのかもしれないが、モデルの件がバレた直後にこんな行動に出るとは完全に想定外だ。

「——んっ……恥ずかしいですけど、あんまり時間はかけてられませんね……早くしないと渚《なぎさ》が帰ってきちゃいます」

「——そうだね。そろそろフィニッシュといこうか」

「(フィニッシュ!?)」

いったい何に終止符を打つというのか。

中学生の乏しい知識ではまるで見当もつかないが、この中で何かよくないことが起きている。それだけはわかった。

「この野郎! 俺の姉さんになにしてるんだ——」

勢いよくドアを開け放つと、六畳の和室に立っていたのは予想通り、変態ランジェリーデザイナーこと制服姿の浦島恵太《うらしまけいた》で——

会いたくなかった宿敵の腕に、同じく制服姿の澪が甘えるように抱きついていた。

なんというか、アレだ。

どこからどう見ても、完全に彼女のほうから胸を押し当てにいってる構図だった。

「なに……してんの?」

「あ、いや、これは……ちょっと恋人の練習を——むぐっ!?」

腕に抱きついたまま何かを言いかけた澪《みお》。

そんな姉の口を目《め》にも留《と》まらぬ速さで恵太《けいた》がふさいで、

「やあ、お邪魔してるよ渚君《なぎさ》。——ところで昨日は恥ずかしくて言えなかったんだけど、実は俺たち付き合ってるんだよね」

「……は？」

「ぷはっ！　——そ、そうなんですよ！　見ての通り、わたしと浦島《うらしま》君はラブラブカップルなんです！　だから、下着のモデルをするのもぜんぜんまったく問題ないんですよ！」

「………」

人間、あまりにショックな出来事に直面すると声も出なくなるらしい。

ふたりの話を聞いた瞬間、目の前が真っ白になり、姉の台詞《せりふ》の後半はほとんど聞こえていなかった。

(付き合ってる？　姉さんが変態下着野郎と？　……え？　それって交際が順調にいけば、コイツが僕の義兄《にい》さんになるってこと……？)

それは本当に絶望的な未来だ。

将来、ふたりの間に子どもができたりなんかしちゃった日には、自分は叔父さんとして姪《めい》っ子《こ》か甥《おい》っ子《こ》にお年玉をあげなくてはならなくなるかもしれない。

「うわぁ……それは嫌すぎる……」

「渚君、酷《ひど》い汗だよ？　大丈夫？　ハンカチ要る？」

「いや、いい……。大丈夫だから――って、それハンカチじゃなくてパンツじゃん!?」

差し出された布を見て絶叫した。

恵太がズボンの尻ポケットから取り出した純白のそれはハンカチではなく、女物の可憐《かれん》なショーツだったのである。

「あ、間違えた。これは布教用に持ってたおパンツだね」

「……まさかお前、いつも女物のパンツを持ち歩いてるのか？」

「まあ、だいたいは？」

「なんなんだよもう……っ！」

もうどこからツッコめばいいのかわからない。

どこの世界にハンカチと同じ感覚で女子のパンツを持ち歩く男子がいるのか。

「こんな変態が姉さんと……こんな奴《やつ》に姉さんの純潔を奪われたなんて……っ！」

「ちょっと渚!?　なにを言ってるんですか!?」

正直、こんな奴が姉の彼氏だなんて考えたくもない。

考えたくもないが、目の前でこうも堂々としたイチャイチャを見せつけられては交際の事実を認めざるを得ない。

「くそっ、こんなもの……っ!!」

「あっ、渚君《なぎさ》!?」

——不愉快な出来事の連続に、頭に血がのぼってしまったのだと思う。

爆発した感情をコントロールすることができず、恵太《けいた》の手から奪い取ったパンツを、怒りに任せて足元に叩《たた》きつけていた。

「あ……」

無残に打ち捨てられた純白の下着。

それを見てようやく冷静になる。

いや、パンツを見て冷静になるってどんな状況だよって話だが。

女子のパンツを叩きつけたのは人生で初めてのことで、その行為で気分が晴れることはなく、胸に渦巻いていた怒りが虚《むな》しさに変わっただけだった。

「渚……」

「っ!?」

「その下着は浦島《うらしま》君が一生懸命作ったものなんです。浦島君に謝ってください」

「姉さん……」

おそるおそる顔を上げた渚が見たのは、静かに怒る姉の姿だった。

彼女が本気で怒ったことは数えるほどしかない。

子どもの頃に危ない遊びをして怪我《けが》をした時とか、いずれも渚の安否に関わることで、今回の件は彼女にとってそれくらい重大なことだったのだ。

「本当に……なんなんだよ……」

呟《つぶや》いた悪態は笑えるくらい弱々しくて。

子どもじみた自分の行動に後悔して。

ただただ、幼稚な自分がいたたまれなくなって。

「――くそっ！」

気づくと渚はふたりに背を向け、ボロアパートを飛び出していた。


「なにをやってるんだろう、僕は……」

アパートを飛び出したあと、渚が身を寄せたのは近所にある公園だった。

既に日は沈み、誰もいない公共の場。

その端っこにあるベンチに腰掛けて、自身の行いを改めて振り返ってみた結果、出てきたのが今の台詞《せりふ》である。

「姉さんを怒らせた挙句に逃げ出すとか、本当にガキだよな……」

実際、まだ子どもではあるのだが。

家を飛び出すなんて我ながら幼稚すぎる。

「元はといえば、姉さんが下着のモデルなんかしてるからこうなったのに……」

憎まれ口にも覇気がない。

下着を叩《たた》きつけた件に関しては、自分が悪いという自覚があるからだ。

「腹減ったけど、めちゃくちゃ帰りづらいし……」

どうせ一度逃げてきたのだ。もうしばらくここにいよう。

そう決意を新たにしたところで――

「――お、渚《なぎさ》くん発見」

「うわ、出た……」

親しげに片手を挙げながら兄妹喧嘩《げんか》の元凶がやってきた。

浦島恵太《うらしまけいた》の登場にただでさえ憂鬱な気分に拍車がかかる。

「なんでアンタがくるんだよ……」

「水野《みずの》さんが教えてくれたんだよ。きっとここにいるって」

「姉さんが……」

「水野さんとケンカした時、大抵この公園に逃げてくるんだってね」

「む……」

こちらの行動はお見通しだったようだ。

どうやら自分は子どもの頃から行動パターンが変わっていないらしい。

「渚君の好物を作って待ってるから、早く帰ってこいってさ」

「……あっそ」

「渚君はハンバーグが好きなんだね」

「う、うるさいな……うちじゃ肉はご馳走《ちそう》なんだよ」

恵太が渚の言葉に疑問を抱いている素振りはない。

水野家の経済事情をある程度、知っているらしい。

そんなことまで話すくらいだ。姉はよほどこいつのことを信用しているのだろう。

「ちなみに、水野さんと付き合ってるっていうのは嘘《うそ》だから」

「は？」

「渚君を説得するために、恋人のフリをしてみようって話になってさ。さっきはその練習をしてたんだよ」

「……それ、俺に話していいの？」

「やっぱり嘘はよくないからね」

「恋人のフリとか、そこまでして姉さんの下着姿を見たいんだな」

「それはもう！　水野さんはようやく出会えた理想のDカップの持ち主だからね。今後ともお世話になりたい所存だよ！」

「人の姉をそういう目で見ないでほしいんだけど……」

白い目を変態に向ける。

しかし恵太《けいた》は意にも介さず、それどころか何食わぬ顔で渚《なぎさ》の横に腰掛けた。

「いや、なにナチュラルに同席してんの？」

「いいじゃん、男どうしなんだし」

「男どうしだから嫌なんだけど……本当になんなのこの人……」

相手をしていると疲れる。

さすが血の繋《つな》がった親類というか、どことなく雰囲気や振る舞いが姫咲《ひさき》と似ているような気がする。

とりあえず、ベンチの端っこギリギリまで移動して変態から最大限の距離を取った。

「……姉さん、怒ってた？」

「怒ってたけど、それよりも心配してたよ」

「そっか……悪かったな。さっきのは僕がダメだったと思う」

「俺は気にしてないから大丈夫だよ。渚君と水野《みずの》さんは仲いいんだね」

「……まあ、たったひとりの姉だし」

「それがこんな怪しい奴《やつ》の下着作りに協力してたら、心配にもなるよね」

「自覚あるのか……」

「服飾系のデザイナーは普通に女性用の商品も作るけど、それでも下着となるといろいろ偏見の目はあったりするからね」

「僕みたいなのにそういう目で見られて、嫌になんないわけ？」

「ぜんぜん？　俺は俺の作ったランジェリーで女の子を笑顔にできればそれでいいし、男だからって理由で自分の夢を諦めたくないしね」

「………………」

そう言われてはっとする。

恵太が口にしたのは、渚自身にも当てはまる言葉だったから。

「……なんとなくわかるよ、それ」

「え？」

「僕、中学でバレー部に入ってるんだけど、周りから『身長が低いのにバレー部？』って言われることがあってさ」

「ああ、バレーボールの選手は背が高いイメージがあるよね」

「実際、バレーは高身長のほうが有利だからな。どんなに運動神経がよくても、どんなに努力しても、最初から背の高い奴のジャンプには敵《かな》わない。それでもバレーが好きだから、攻撃以外の技術を磨いて『リベロ』でレギュラーになったんだ」

「リベロって、守備専門のポジションだっけ」

「最近、バレーについて調べる機会があったから。長身の選手の強力なスパイクを拾って格好《かっこ》いいと思ってたんだ」

「ふーん……わかってんじゃん」

リベロは攻撃に参加するスパイカーではなく、守備を専門とするポジションだ。

言うまでもなく、バレーボールは身長が高いほうが有利になる。

159センチと、男子としては小柄な渚《なぎさ》はなるべくしてリベロになった感じだが、周囲からなんと言われてもバレーが好きだから辞めなかった。

自分の夢を諦めたくないと言った恵太《けいた》と同じ。

背が低いからという理由で、何かを諦めるのが嫌だったのだ。

（いや、でもやっぱり女子のパンツを作る奴《やつ》の気持ちとかわかりたくないな……）

別々の人間である以上、本当の意味でわかり合うのは難しい。

それでも歩み寄らなければ一生わかり合えないのも確かだ。

少なくとも、この変態ランジェリーデザイナーの人となりは少しだけ理解できた。

ここにきた時とは違う、不思議と晴れやかな気分で渚は立ち上がる。

「そろそろ帰る。姉さん、心配してるだろうし」

「それがいいね」

「よく知ってるな」

「……あと、下着のモデルだけど、続けてもいいって姉さんに言っとく」

「え、いいの？」

「正直、いい気はしないけどな。姉さんが決めたことなら応援するよ。父さんにも内緒にしておく」

「ありがとう、渚君」

「……別に。感謝されることじゃないから」

そっぽを向き、素っ気ない態度でそう応える。

恵太のためではなく、姉の意思を尊重しての決断だ。

「協力するのは認めるけど、姉さんに変なことしたら絶対に許さないからな」

「任せてよ。これからも水野《みずの》さんに似合う可愛《かわい》い新作ランジェリーを生み出し続けてみせるから」

「改めて聞くと、やっぱり変態臭がすごいな……」

協力を認めた直後にもうコレだ。

今後はこの変態が姉に悪さをしないよう、注意深く見守る必要がありそうだ。

その後、恵太と別れた渚はまっすぐ自宅アパートに帰還した。

「……ただいま」

「ああ、渚《なぎさ》。おかえりなさい」

キッチンに顔を出すと、夏仕様のラフなTシャツとハーフパンツに着替え、エプロンを身に着けた澪《みお》がいつもの調子で出迎えてくれる。

もう夕食の準備はおおかた済んでいるようで、部屋の中にはハンバーグの香ばしい匂いが漂っており、ソースは渚の好きなデミグラスソースだった。

「浦島《うらしま》君と話はできました？」

「まあな。変な奴《やつ》だけど、悪い奴じゃないと思ったよ」

「じゃあ？」

「下着作りの協力は、姉さんの好きにすればいいよ」

「よしよし、恥ずかしいのを我慢して恋人のフリをした甲斐《かい》がありましたね」

「あの茶番は事態を悪化させただけだと思うけど……」

愛する姉が男に抱きつくとか、忌々しい光景を見せられたのが原因で頭に血がのぼったのだからその作戦は悪手だったたと思う。

「あの、さっきはごめん……」

「わたしもごめんなさい。心配してくれたのに騙《だま》すようなことをして」

「じゃあ、おあいこってことで」

「はい、これで仲直りですね」

そう言って澪がふわりと笑う。

「もう夕食の支度はできてますから、着替えてきてくださいね」

「そうする」

自室に向かおうと踵《きびす》を返《かえ》す。

その時、ふと思い至って顔だけ後ろに向ける。

(なんか、本当に変わったよな。最近の姉さん)

年がら年中、中学時代のジャージを愛用していた澪が、今は普通の女の子のような可愛《かわい》い部屋着を着ている。

ただのTシャツとハーフパンツも、さりげなくオシャレな感じなのだ。

そんな格好は外出する時くらいしかしなかったのに……

(可愛い下着を着けると、こんなに変わるのか……)

ずっとくたびれた下着を着けていた澪が、とても大きな心境の変化だ。

あの変態が作った下着を姉が着けているのは微妙な気分だが、澪の変化自体はきっと悪いものじゃなくて——

今でも奴のことは気に食わないが、その功績だけは認めないといけないだろう。

「でも姉さん、男の趣味わるいよな。よりによってあんなのを好きになるとか」

「はい？　なんのことですか？」

「好きなんだろ？　浦島《うらしま》のこと」

「んなっ⁉　だから、そんなんじゃないって言ってるじゃないですか！」

「でも姉さん、昨日は楽しそうにアイツの家にいこうとしてたじゃん」

「アレは新作下着が楽しみだっただけですから！」

「まあ、それならそれでいいけどな」

姉が素直になれず、ふたりの仲が進展しないのならそれに越したことはない。

持ち前のシスコンを発揮して、少しだけ頬《ほお》を緩めた渚《なぎさ》は今度こそ着替えるべく自室に向かったのだった。

◇

公園で渚と別れたあと、夜道をひとりで帰宅中、恵太《けいた》のスマホに澪《みお》から画像付きのメッセージが届いた。

写真にはおいしそうなハンバーグが並んだダイニングテーブルを囲み、向かい合って座る笑顔の澪と、ムスッとした表情の弟が写っていて。

短く『仲直りできました♪』と報告が添えられていた。

「これで一件落着だね」

渚の問題は解決したみたいなので、試着会も無事に開催できそうだ。

「渚君の信頼を得るためにも、もっと頑張らないと。今回の試作品も悪くはないけど、最近はマンネリ気味だから、今までにない新しいアプローチを取り入れたいよね……」

先日の佐藤泉《さとういずみ》の一件で見えてきた課題だ。

スポーツ用のＴバックのこともそうだが、自分の専門分野以外の下着に対する知識不足を痛感した。

今の方向性に不満があるわけではない。

ただ、もっと違うことに目を向けてみたいと思っていた。

そうすれば今よりもずっと創造の幅が広がる気がするから。

「とはいえ、どうしたものか……」

実際のところ、新しい下着作りは難航していた。

新境地に挑戦しようと思い立って以降、他社のカタログを見たり、専門書を読んだりはしているが、いまいちピンとこないのだ。

何事も簡単にはいかない。

その件に関してはじっくり考えよう。

そうこうしているうちに自宅マンションに到着。

エレベーターを使って七階に上がり、玄関で靴を脱ぎ、水分を補給しようとそのままリビングに向かうと、

「ん～♪　おいしい～♪」

ソファーに座った乙葉《おとは》が、おいしそうにケーキを頬張《ほおば》っていた。

お皿の上に載っているのはオーソドックスないちごのショートケーキ。

フォークを手にした乙葉は幸せに満ち溢《あふ》れた子どものような笑顔で、ほっぺに手を当てたりなどしている。

そのままもうひと口いこうとしたところで、ようやく恵太《けいた》の存在に気がついた。

「あ……」

「ただいま、乙葉ちゃん」

「お、おかえり……」

「……」

「……」

しばし気まずい沈黙が流れ、その空気に耐えられなくなった乙葉が叫ぶ。

「なんだよ!?　私が無邪気にケーキ食べてたらおかしいか!?」

「別に何も言ってないでしょ」

「今、ぜったい子どもっぽいって思っただろ！」

「それは少し思ったけど」

「ほらぁっ！　やっぱり思ってんじゃん！」

「俺はおいしそうにケーキを食べる乙葉ちゃんが大好きだよ」

「それ、なんのフォローにもなってないんだけど……」

乙葉はお酒を飲める年齢のわりには小柄で、かつ童顔のため、自身の容姿にコンプレックスがあるのだ。

恵太としてはそのままでじゅうぶん魅力的だと思うのだが、なかなか伝えるのが難しい。

乙葉が落ち着いたところで、改めて尋ねる。

「でも、ケーキなんてどうしたの？」

「夕方くらいに浜崎《はまさき》の父親が挨拶にきたんだよ。今後とも娘をよろしく頼むってさ。律儀だよな」

「悠磨《ゆうま》さんか。あの人、父さんの友達なんだよね」

悠磨さんこと浜崎悠磨は、ランジェリーブランド『KOAKUMATiC《コアクマチック》』を経営する敏腕社長にして、最近マチックからリュグに移籍した浜崎瑠衣《るい》の父親だ。

彼曰《いわ》く、恵太の父親とは友人関係にあるらしい。

「お前と姫咲《ひさき》のぶんもあるぞ」

「あとでもらうよ」

その姫咲《ひさき》は現在入浴中らしい。

恵太《けいた》の帰りが遅かったので、ふたりとも夕食を済ませたようだ。

「それより恵太、次の新作についてなんだが、もう考えてるか？」

「ああ、そのことなんだけど……」

「ん？」

「実は俺、ランジェリーデザイナーとしてスキルアップしたいと思ってるんだ」

「スキルアップ？」

「理想の下着を作るために実力をつけたいっていうのかな。まだ漠然としてるけど、なんとなくこのままじゃいけないような気がして……」

「ほう？」

呟《つぶや》いた乙葉《おとは》が意外そうに恵太を見る。

「お前でも、そういうふうに悩んだりするんだな」

「乙葉ちゃんは俺をなんだと思ってるの？」

「下着馬鹿だろ」

「その通りだよ」

的確すぎて思わず肯定してしまった。

恵太にとってはむしろ誉《ほ》め言葉である。

「けど、何をしたらスキルアップに繋《つな》がるかわからないんだよね」

「いっそ、自作のランジェリーを使って女装でもしてみたらどうだ？」

「それも検討したけど、そういうのじゃない気がするんだよね」

「検討したのかよ……」

お姉さんびっくりだよ、と乙葉が若干引いた顔をする。

「まあ、マジレスすると、いったん仕事のことは忘れてたまには学生らしく青春を謳歌《おうか》するのもいいんじゃないか？」

「青春を？」

「仕事に打ち込むのもいいが、十代の今のうちしか得られないものもあるからな。机に向かって下着の勉強をするのもいいが、まったく関係ない体験から閃《ひらめ》きが生まれることだってある。アイデアが思いつかないなら、いっそ本気で遊んでみるのもいいんじゃないか？」

「なるほど、童心に返って全力でケーキを楽しむ乙葉ちゃんみたいにすればいいのか」

「お前はケンカを売ってるのか？」

またもや余計なことを言ってしまったらしく、乙葉がジト目を向けてくる。

「お前はまず女心を理解するところから始めるべきだな」

「女心？」

「私は常々思っていたんだ。恵太には決定的に異性に対するデリカシーが欠けていると」

「そんなに？」

「ランジェリーは女子が使う下着なんだぞ？　女心も知らないで本当の意味で素晴らしいランジェリーができるはずないだろ？」

「た、たしかに……」

さすがは若くしてリュグの代表を務める才女。

ものすごい説得力である。

「けど、青春を謳歌《おうか》するって具体的にどうしたらいいんだろう」

「そりゃお前、もう夏だぞ？　モデルの子たちを誘って海にでもいってきたらいいだろ」

「海かぁ」

「新作の売り上げも順調だし、五人分の合宿費用くらいならうちから出せるぞ」

「え、ほんとに？」

「せっかく可愛《かわい》い女の子ばかりなんだ。テキトーに連れ出して、ピチピチのギャルたちの水着を堪能《たんのう》してこいよ」

「ピチピチって死語じゃなかったっけ？」

最近はとんと聞かなくなった言葉だ。

ただ、海というのはいいかもしれない。

「水着なら構造が下着に近いし、得られるものもあるかも……」

布面積は下着と同じなのに、異性に見られても恥ずかしくないという摩訶不思議《まかふしぎ》なアイテムだ。

海で水着について研究すれば、新しい扉を開く鍵になるかもしれない。

「ここで仕事の話になるのが恵太《けいた》なんだよな……」

「？　乙葉《おとは》ちゃん、なにか言った？」

「恵太は残念な男だって言ったんだよ」

「えっ!?　いきなり酷《ひど》い!?」

「花より団子というか、お前の場合は花よりランジェリーって感じだな」

「花の模様はランジェリーと相性いいから好きだけどね」

どこか噛《か》み合っていない会話をしつつ、改めて乙葉の提案について吟味してみたところ、リュグのメンバーで臨海合宿というのも悪くないという結論に至った。

「とりあえず、みんなを誘ってみようかな」

第二章 とあるランジェリーデザイナーの臨海合宿

とある日の夜のこと、マンションの自室で恵太《けいた》が合宿の荷物をまとめているとドアがノックされ、ラフな格好をした姫咲《ひさき》が顔を出した。

装いは半袖のシャツに短パン姿で、髪を下ろした妹分が我が物顔で入ってくる。

「お兄ちゃん、お風呂空いたよ〜」

「わかった。もうすぐ終わるから俺も入るよ」

合宿といってもそれほど荷物は多くない。

仕事道具のタブレットに、水着と最低限の着替えくらいだ。

鞄《かばん》にせっせと荷物を詰め込む恵太の横から、いとこが興味深そうに覗《のぞ》き込んでくる。

「お兄ちゃんたち、明日から海合宿だっけ」

「うん。週明けは普通に学校があるし、一泊だけだけどね」

「いいなぁ、わたしも海いきたかったなぁ」

「俺としては大歓迎だけど、友達との約束があるんじゃ仕方ないよ」

明日は前々から楽しみにしていた映画の公開日だそうだ。

学校の友達と一緒に前売り券も買っており、ずっと楽しみにしていたらしい。

「ところで、姫咲ちゃんが持ってるその本はなに？」

「あ、これ？　今から居間で読もうと思って」

そんなに面白い本なのか、姫咲が嬉《うれ》しそうに手にしていた本の表紙を見せてくる。

そこには神秘的なフォントの文字で『占い師マダム真陀子《まだこ》の独学占い～運命は待つものじゃないの。自分から掴《つか》み取りにいくものなのよ～』というなんともコメントに困るタイトルが躍っていた。

「占いの本か」

「この人すごいんだよ。えげつないほどよく当たるって評判なの」

「えげつないってあんまり聞かない表現だけど、すごそうな感じはビシバシするね」

「そうだ。せっかくだし、これでお兄ちゃんの明日の運勢を占ってあげるね」

「そうだね。ちょっと興味あるし」

えげつないほどよく当たるという占い。

その噂《うわさ》が本当かどうか、マダムのお手並み拝見といこう。

「お兄ちゃんは射手座だったよね。えーっと……なになに？」

ルンルンと声が聞こえてきそうなほど楽しげに本を開く姫咲。

ところが、ページの文字を目で追っていくうち、彼女の綺麗《きれい》な眉根が徐々に寄っていって……

「これは……うーん……」

「あれ？　あんまりよくなかった？」

「うん……お兄ちゃん、明日は気をつけたほうがいいかも。『頭上に注意。季節外れの雪が降るでしょう』とか、『弁護人不在の裁判が開廷。反論は無駄です。ひたすらじっと耐えましょう』とか、いろんな不幸が目白押しになってるよ」

「なにその裁判こわい……あと、この時期に雪はさすがに異常気象すぎるのでは？」

もう七月も半ばを過ぎている。

いくらなんでも雪が降るとは思えない。

「ちなみに、仕事運はどうかな？」

「『仕事はぜんぜんまったくこれっぽっちもうまくいかないでしょう。大人しく羽を伸ばすのが吉』だってさ」

「それは困ったね」

まさに踏んだり蹴ったり。

マダムの占いによると明日の運勢は散々のようだ。

「あ、でも恋愛運はピカイチみたいだよ」

「恋愛運かぁ……」

「『冴《さ》えないあなたにモテ期到来！　もしかしたら運命の出会いがあるかも!?』だって。

なんでも、最初に裸を見た異性が運命の人っぽいよ」

「どういう占いなの、それ？　最初に裸を見た異性って……」

恵太《けいた》は思った。

裸を見ている時点で既にそれなりの仲なのではないかと。

そして、そんなテキストを堂々と自著に載せているマダム真陀子《まだこ》は何者なんだろうと。

一連のツッコミを、ニコニコ楽しそうにしている姫咲《ひさき》に言えるはずもなく――

「明日は頑張ってね！　お兄ちゃん！」

「うん、そうだね」

最終的に、営業スマイルで大人の対応をする恵太であった。

◇

翌日の土曜日、時刻が午前十時を回った頃。

「おおっ、これは実に素晴らしいコンディションだね」

海パンとビーチサンダルを装着し、ビーチに降り立った恵太の前に青い空と広大な海が広がっていた。

そして海といえば当然、集まった女性陣も全員水着仕様で――

「晴れてよかったですね」

水色の水着を身にまとった澪《みお》が誰にともなくそう言って、

「本当に。絶好の行楽日和ね」

ピンクの水着姿の絢花《あやか》は海ではなく澪の体をガン見して、

「雨だったら目も当てられないですしね」

大きな胸を薄紫の水着で包んだ雪菜《ゆきな》が会話の輪に加わって、

「あたし、暑いの苦手なんだよね……」

褐色の肌に黄色の水着を合わせた瑠衣《るい》が、手で作ったカサの下から太陽を恨めしげに見上げていた。

総勢四人の女の子たち。

その水着姿は夏の太陽にも負けない、なんとも眩《まぶ》しい光景だ。

「みんな、日焼け止めを使うなら俺に言ってね。優しく塗ってあげるから」

「残念でしたね、恵太《けいた》先輩。全員、もう塗り終わってますよ」

「そんな!? 間近で水着の構造を研究するチャンスだと思ったのに……」

「海にきても浦島《うらしま》君は変態なんですね」

「仕事のためでも、さすがに男子に塗られるのは嫌だよね……」

呆《あき》れたように澪が言い、瑠衣が冷たい目を向けてくる。

そんなメンバーの様子を見守っていた絢花が、

「それにしてもめずらしいわね、恵太君から遊びに誘ってくれるなんて。下着のことしか頭にない仕事人間なのに」

「まあ、たまにはね。みんなのスケジュールが合ってよかったよ」

メンバーは全員、何かしらの仕事に就いている。

恵太と瑠衣はデザイナーとパタンナーだし。

澪は本屋でバイトをしており、絢花は人気の読者モデルで、一年生の雪菜に至っては最近芸能界に復帰を果たした役者だ。

改めてみるとすごい面子《メンツ》が揃《そろ》ったものである。

「水野《みずの》さんの水着、経費で落ちてよかったね」

「あ、あんまり見ないでほしいんですけど……」

澪を合宿に誘った際、水着を持っていないというので乙葉《おとは》に相談したところ軍資金を出してもらえたのだ。

お店に選びにいく時間がなかったため、恵太の独断と偏見で彼女に似合いそうな水着を通販購入させていただいたのだが、予想通りとてもよく似合っていた。

「男の子が選んだ水着を着けるの、少し恥ずかしいです……」

澪がモジモジしながらそう言って、

「心配しなくても、水着姿の澪《みお》さんも最高に可愛《かわい》いわよ」

澪の前に立った絢花《あやか》が大人びた笑みを見せる。

「というか恵太《けいた》先輩、冷静すぎません？　水着姿の女の子たちに囲まれてるんだから、もっと喜んだり照れたりしたらどうなんです？」

「そうはいっても、普段から下着姿で見慣れてるからね」

「たしかに、露出度的には下着と変わらないものね」

「むぅ……」

恵太と絢花の発言を受け、雪菜《ゆきな》が不満げに唇を尖《とが》らせる。

「素朴な疑問なんだけど、下着と同じ露出度なのに、どうして水着は男子に見せても平気なんだろうね？」

「浦島《うらしま》君、その疑問に答えなんかないですよ」

恥ずかしいものは恥ずかしいんです、と澪が言う。

本当に、世の中には不思議なことがたくさんある。

「異性に見せちゃダメなはずなのに、浦島君にはいつも下着姿を見せてるんですよね、わたし……」

遅れて澪がダメージを負っていた。

男子に下着を見せまくっていることを思い出したようだ。

「それにしても――」

ビーチを見回しながら恵太が言う。

「こんなに開放的な砂浜なのに、見事なくらい人がいないね」

現在、この砂浜にいるのは恵太たち五人だけだった。

絶好の行楽日和なのに海水浴客がいないのにはもちろん理由がある。

「別荘も貸してもらえることになったし、悠磨《ゆうま》さんに感謝しないといけないね」

「プライベートビーチならパパがいくつか持ってるから。最近はあんまり使ってなかったけど」

「さすがは社長令嬢ね」

「プライベートビーチを持ってるなんて台詞《せりふ》、リアルで聞く機会ないですよね」

瑠衣《るい》のブルジョア発言に、絢花と澪が素直な感想を述べる。

「私の周りにはけっこう持ってる人いますよ」

「雪菜ちゃんの周りって、芸能界の人たちでしょ」

詳しい経緯は省くが、恵太が合宿のできる施設を探していたところ、瑠衣パパこと悠磨さんの厚意でプライベートビーチを使わせてもらえることになったのだ。

夜は別荘に泊まれるし、実質今回の合宿にかかる費用は交通費と食費くらい。

リュグの経費もそこまで余裕があるわけではないのでかなり助かった。

「今度、改めてお礼をしないとね」

「別にいいって。よくわかんないけど、連絡した時に浦島《うらしま》の名前を出したら即許可もらえたし。アンタ、あたしのパパに気に入られてるみたいだよ」

「そうなの？　俺の父さんと友達だったみたいだし、それでかな」

悠磨《ゆうま》は大切な従業員の親御さんだ。

今後のことを考えれば関係が良好であるに越したことはない。

「さてと、せっかくだから資料用にみんなの写真を撮っておかないとね」

「そんなのあとでいいでしょ」

「あっ⁉　絢花《あやか》ちゃん⁉」

構えたデジカメを絢花に取られてしまった。

撮影機材を隠すように後ろに手を回すと、たしなめるような口調で彼女が言う。

「せっかく海にきたんだから、まずはめいっぱい遊ばないと損だわ」

「あたしもセンパイに同意」

「浜崎《はまさき》さんまで……」

リュグのお抱えパタンナーまで敵勢力にまわってしまった。

残念だが、カメラを没収されては何もできないので撮影はのちほど行うことにする。

「仕方ない……俺はビーチパラソルを立ててくるよ」

遊ぶ前にメンバーの拠点を作るため、恵太《けいた》はその場から一時離脱する。

「……」

そんな恵太の姿をじっと観察していた雪菜《ゆきな》。

唯一の男子が離れたのを確かめた彼女は、内緒話をするように小声で他の女性陣に話しかける。

「皆さん、ちょっといいですか？」

「なにかしら、雪菜さん？」

「せっかくなので、皆さんでゲームしませんか？」

「「「ゲーム？」」」

澪《みお》、絢花、瑠衣《るい》の声が重なる。

三人の視線が黒髪の後輩に集まり、雪菜が真剣な顔で続ける。

「海で遊んでいる間、恵太先輩をいちばんドキドキさせた人が勝ちってゲームです。せっかくおニューの水着をお披露目《ひろめ》してるのに、こうもいつも通りの反応だと、女子としての沽券《こけん》にかかわると思うんです」

「なるほど。リベンジマッチというわけね」

「それ、ちょっと面白そうかも」

「そうですね。悪くないと思います」

絢花《あやか》、瑠衣《るい》、澪《みお》の順で全員が同意する。

あの下着にしか興味を示さない失礼な男子をドギマギさせたい。

なんなら彼が顔を真っ赤にして照れているところを見てみたい。

この瞬間、四人の心はひとつになった。

「でもさ、ゲームの勝敗はどうやって決めるの？」

「合宿の最後に恵太《けいた》先輩に訊《き》いて、誰のアプローチにいちばんドキドキしたか決めてもらいましょう」

瑠衣の質問に雪菜《ゆきな》が答え、ゲームに関する話がまとまる。

「じゃあ、まずはなにして遊びます？」

「はいっ！　私はビーチバレーがいいと思います！」

「それ、雪菜さんが圧倒的に有利なやつじゃない」

「雪菜の胸、すごいもんね。コレなら浦島《うらしま》の視線も釘付《くぎづ》けにできるかも……」

白い砂浜で、女性陣がキャッキャとお喋《しゃべ》りに花を咲かせる。

そんな女の子たちの様子を、恵太が持ってきていたビーチパラソルを設置しながら見守っていて……

「仲いいなぁ」

会話の内容はわからないが、楽しそうでなによりである。

海に連れてきた甲斐《かい》があるというものだ。

「そういえば、昨日の占いだと運命の人に出会えるみたいだけど……」

頭をよぎったのは昨夜、姫咲《ひさき》が話していた占いの結果。

最初に裸を見た異性が運命の相手だというが……

もしかすると、この四人の中にその相手がいるのだろうか？

「……いや、まさかね」

占いは占い。

話半分で聞いておこう。

「浦島くーん！　一緒にビーチバレーしましょう！」

「うん、今いくよ！」

大きく手を振る澪に応え、設営を終えた恵太がそちらに向かう。

せっかく海にきたのだ。

下着作りについてはいったん頭の端っこに寄せておいて、青春を謳歌《おうか》しろという乙葉《おとは》の指示通り、今日はみんなと思いきり羽を伸ばそう。

ちなみにその後、有志によるビーチバレー大会が開かれたのだが、そもそも皆さん発育がいいので雪菜以外の女子もけっこうお胸が揺れていたという。

約一名、ほとんど揺れなかった子がいたのだけれど――

本人の名誉のためにも、ここでの発表は控えさせていただきます。

◇

仁義なきビーチバレーの戦いが一段落したあと。

海の中で遊ぶ澪《みお》、雪菜《ゆきな》、瑠衣《るい》の三人を、ビーチから金髪の美少女がデジカメを手に撮影していた。

麗《うるわ》しいカメラマンの正体は水着姿の北条絢花《ほうじょうあやか》。

正面からはもちろん、横に移動して角度をつけたり、砂浜に寝そべってローアングルから撮ったりと実にノリノリだ。

そんな幼馴染《おさななじみ》に手ぶらの恵太《けいた》が声をかける。

「絢花ちゃん、楽しそうだね」

「ええ、それはもう♪　綺麗《きれい》な海で女の子たちの水着姿を堪能《たんのう》できるなんて最高の気分よ。生きててよかったわ」

「うわぁ、爽やかな笑顔」

夏の太陽にも負けないほど眩《まぶ》しい笑顔である。

自身の欲望を微塵《みじん》も隠さないところは清々《すがすが》しくて好感が持てる。

「絢花《あやか》ちゃんは、どうしてそんなに女の子が好きなの？」

「だって可愛《かわい》いんだもの。特に若い子の肌はすべすべだし、全身からいい匂いがするし、見てるだけでムラムラしちゃうわ」

「絢花ちゃんも、その若い女の子のひとりなんだけどね」

「密《ひそ》かに際どい写真も撮れたから、資料としてあとで共有するわね」

「それはどうもありがとう」

絢花と固い握手を交わす。

幼馴染《おさななじみ》だけあって、彼女は恵太《けいた》のことをよくわかっていた。

せっかく女の子たちが可愛い水着を身に着けているのだ。

それを記録しないなんてもったいない。

下着作りの参考になるのは間違いないし、際どい画像とやらはのちほどゆっくり確認させていただこう。

「じゃあ、絢花ちゃんの写真は俺が撮るよ」

「え？」

「せっかく可愛い水着を着てるんだし、残さないともったいないからね」

「可愛い……そうね。せっかくだし、撮ってもらおうかしら」

暑さのせいだろうか。

微《かす》かに頬《ほお》を赤くした絢花からカメラを受け取る。

「それじゃあ、撮るよ？」

「いつでもどうぞ」

そのレンズを彼女に向けると、さすがはプロのモデルというべきか、さっそくカメラ目線で愛らしいポーズを披露してくれた。

両手を後ろに回して下から覗《のぞ》き込むように見上げてきたり。

こちらに背を向けて顔だけ振り返ってみたり。

レジャーシートにうつ伏せに寝そべって頬杖《ほおづえ》をついてみたり。

被写体がいいので恵太も熱が入り、デジカメの画像フォルダに絢花の写真が大量に溜《た》まっていく。

（これは、絢花ちゃんが夢中になるのもわかるね）

可愛い女の子を撮るのは楽しい。

気分が高揚するとでも言おうか、もっと可愛く撮ってあげたいと思うし、もっといろんな表情が見たいと思ってしまう。

先ほどの絢花のように様々な角度から幼馴染を撮影し。

仕上げとばかりにローアングルからのベストショットを決めた恵太はおもむろに立ち上

がった。

「ふぅ、こんなものかな」

撮影する手を止め、デジカメの画面で撮ったばかりの写真を確認する。

絢花《あやか》もこちらにやってきて、横に並んだ彼女が手元を覗《のぞ》き込んでくる。

「どう？　可愛《かわい》く撮れてるかしら？」

「うん、さすが絢花ちゃんだね。めちゃくちゃ可愛く撮れてるよ」

「ふふん、当然よ♪」

絢花は毎月のようにファッション雑誌に載る、れっきとしたプロのモデルだ。

そのため、どうすればいちばん可愛く撮れるか熟知しているのだ。

「──恵太《けいた》君に見てもらいたくて、とびきり可愛い水着を選んだんだから」

「え？」

打って変わってしおらしい様子で呟《つぶや》く絢花。

普段と違う雰囲気。

見慣れない反応に恵太がドキリとした瞬間──

驚いた拍子、カメラのボタンを押してしまったのだろう。

パシャリとシャッターの音が鳴り、撮影された最新の写真には、めずらしく照れている

絢花の素の表情が収められていて──

「ふふ、ドキドキした？」

「へ……？」

「恵太君、顔、真っ赤よ？」

「あ……」

言われてカラクリを理解する。

からかわれたと気づいた時にはもう遅くて、ひとつ年上の幼馴染《おさななじみ》が、こちらの動揺を楽しむようにイタズラっぽく微笑《ほほえ》んだのだった。


それからしばらく経《た》ち、日も高くなった午後のこと。

変わらず海パン姿の恵太はビーチパラソルの下で休んでいた。

広げたレジャーシートの上に座って、ビーチの砂で本格的な雪だるまのオブジェを作っている絢花と瑠衣《るい》の様子をなんとはなしに眺める。

その雪だるまはどうやら女の子のようで、なぜかスクール水着を身に着けており、かなりシュールな光景を構築している。

ちなみに澪《みお》はといえば、単身浮き輪でプカプカと海に浮いていた。

遊び方にもそれぞれ個性が出るらしい。

「女の子たちと海……これが青春か……」

美少女四人と臨海合宿なんて、リア充《じゅう》の究極系な気がする。

「……あれ？　そういえば雪菜《ゆきな》ちゃんは……？」

ふと、後輩の姿が見当たらないことに気がついた。

どこにいったんだろう？

恵太《けいた》がキョロキョロと砂浜を見渡していると、

「──呼びました？」

「ん？」

突然、背後から声がして。

振り返ると、今まさに探していた雪菜が立っていた。

「よかった。雪菜ちゃん、迷子になったのかと思った」

「そんな子どもじゃないんですから。──はいこれ、どうぞ」

「お、かき氷だね」

「ブルーハワイですよ。別荘のキッチンに電動のかき氷機があったので作りました」

「あの別荘、かき氷機まであるんだ」

「氷は到着してすぐに準備してたんですけど、冷凍庫であっという間でしたね。アレ、業務用の高いやつですよ」

興奮した様子で雪菜が熱弁する。

改めてすごい財力だ。

下着の会社の他にもいろいろやっているみたいだし、瑠衣《るい》パパこと浜崎悠磨《はまさきゆうま》氏の経営手腕は一度じっくり勉強させてもらいたいくらいだ。

「じゃあ、遠慮なく」

ありがたく、スプーンの刺さったかき氷を受け取る。

すると雪菜も自分のぶんを持ったまま恵太の隣に座った。

そのまま彼女はスプーンでかき氷をすくい、自身の口に運ぶ。

「ん～、冷たいです♪」

「海で食べるかき氷は格別だよね」

言いながら、恵太も同じようにかき氷を食す。

熱した体に冷たい氷がなんとも心地よい。

「恵太先輩はなにしてたんですか？」

「ちょっと疲れたから休憩してたんだ」

「なるほどなるほど。休憩がてら、女の子たちの若くて瑞々《みずみず》しい体をウォッチしてたんですね。恵太先輩は本当にえっちなんだから」

「まあ、えっちなのは否定しないけどね。こうして傍《そば》にいるとついつい雪菜ちゃんの胸の谷間を観察しちゃうし」

「臆面もなく言われると、それはそれで反応に困るんですけど……わかってはいたけど、先輩は本当に変な人ですね……」

視線が恥ずかしいのか、頬《ほお》を赤らめた雪菜《ゆきな》がモジモジする。

巨乳の神秘を研究する絶好のチャンスではあるが、モデルに嫌われては元も子もない。

これ以上の観察はやめておこう。

「というか、なんなんですか？　あの雪だるまのオブジェは……」

「アレね。なんなんだろうね」

絢花《あやか》と瑠衣《るい》がせっせと作っている雪だるまちゃん（スクール水着仕様）の製作は佳境に入っていた。

水着の意匠も無駄にディテールが凝っており、よく見ると雪だるまの分際でけっこう豊かなバストをしている。

「この暑さのなか、ずっと遊んでるなんて元気ですよね」

「ね。俺はけっこうインドア派だから体力が持たないよ」

「私もです。アレが若さってやつですかね」

「今日のメンツだと、雪菜ちゃんが最年少だけどね」

雪菜は今年の春に高校生になったばかりの一年生だ。

絢花と瑠衣はともかく、意外だったのは浮き輪を使って泳いでいる澪《みお》で、大人しい性格の彼女も本屋でバイトしているだけあり、それなりに体力があるようだ。

「……あの、恵太《けいた》先輩？」

「ん？」

「改めて訊《き》くんですけど——今日の私はどうですか？」

「え？　どうって？」

「水着です、水着！　けっこう気合いを入れてきたつもりなんですけど……ドキドキしたりしませんか？」

「えーっと……」

改めて後輩の姿を確認する。

綺麗《きれい》な黒髪や白い肌も素敵だが、やはりいちばん目を引くのは水着に包まれた高校生とは思えないバストだ。

その深い谷間に視線が吸い寄せられない男子がいるだろうか？

いや、いない（断言）。

いるはずがない（力強い断言）。

「そうだね。見慣れてたつもりだけど、こうも至近距離でその谷間を見せられたらドキドキするかも」

「胸じゃなくて、水着を褒めてほしかったんですけど……」

返答が不満だったらしい。

雪菜《ゆきな》が子どものように頬《ほお》を膨らませる。

「ほら、もっとよく見てください」

「ゆ、雪菜ちゃん……？」

後輩女子がずいっと体を寄せてくる。

いつになく積極的だ。

積極的すぎてお胸がこちらの腕に当たっているのだけども、気づいていないだけなのか、それともわざとなのか判断に困る。

女子の下着姿に慣れてるとはいっても、恵太《けいた》だって年頃の男子なわけで。

異性の素肌に何も感じないわけではないのだ。

「どうですか？」

「いや……というか……」

「？」

「当たってるんだけど……雪菜ちゃんのお胸が……」

「……へ？」

言われて雪菜が視線を落とす。

前述の通り、彼女は水着に包まれた胸を思いきり恵太の腕に押し当てていて――

「ひゃあああああっ!?」

「うわっ、冷たっ!?」

事態を把握した雪菜が驚いた拍子、彼女の手からかき氷の容器が離れ、ぶちまけられたその中身が恵太の頭頂部に見事な上陸を果たした。

控えめに言って大惨事。

冷たいだけならまだしも、頭からかぶったかき氷はシロップが絡んでいるため髪と肌がベタベタになってしまった。

「ご、ごめんなさい！　……大丈夫ですか？」

「ああ、うん。大丈夫だよ。冷たくてびっくりしただけだから。――でも、さすがにベタベタするからシャワーを浴びてくるよ」

「はい……本当にごめんなさい……」

雪菜が叱られた子犬のようにしゅんとする。

そんな後輩の頭をくしゃっと撫《な》でて、恵太はビーチをあとにした。

「う……眼鏡からシロップの匂いがする……って、あれ？」

別荘に向かう途中、外した眼鏡を嗅いで顔をしかめた恵太は、ここでとある事実に思い至る。

「頭上に注意……季節外れの雪が降るでしょう……昨日の本の占いって、かき氷のことなのかな……」

季節外れの雪がかき氷のことを指していたとして、ここまでピンポイントに的中させるとは、恐るべし『マダム真陀子《まだこ》』。

マダムには本当に未来が見えているのかもしれない。

「だとすると、運命の異性との出会いっていうのもありえるのかも……？」

占いの類は信じていない恵太《けいた》だが、こうも見事に的中すると「もしかしたらもしかするかも？」と思ってしまう。

「運命の異性か……いやでも、さすがに裸を見るなんて事態にはならないよね……」

いつも女子の皆さんに下着姿を見せてもらっている恵太だが、裸を見るなんて機会はそうそう訪れないだろう。

むしろ、逆にどうすればそんな状況に陥るのか訊《き》きたいくらいだ。

かき氷の件だって単なる偶然に違いない。

イベントなのだから、これくらいのアクシデントは普通にあるだろう。

今夜は澪《みお》たちと一泊するわけだし、あまり意識しないようにしよう。

そんなことを考えながら眼鏡をかけ直し、別荘に到着した恵太はバスルームに向かったのだった。

◇

夕暮れ時、別荘に戻ったメンバーは夕食を取ることになった。

二階建ての建物は平均的な一戸建てほどの大きさだが、外壁に天然の木材が使用されるなど、なんともオシャレな外観はいかにも避暑地の別荘といったデザインで。

各自普段着に着替えたあと、集まった広いデッキで始めたのは定番のバーベキュー。串に通した肉や野菜、ソーセージやきのこなどの食材をグリルで焼き、各々が好きに食べるスタイルだ。

「うわ、おいしい⁉　澪先輩、この焼きそばすごくおいしいです！」

「本当ね。すぐにでもお嫁にきてほしいくらいだわ」

「水野《みずの》家秘伝の自家製ソースを使ってますからね」

澪が作ってくれた焼きそばは好評だった。

普段から家事をしているだけあり、焼きそばを作る手際も見事なもので、そのおいしさにメンバーはあっさりと胃袋を掴《つか》まれてしまった。

「それにしても――」

絶品の焼きそばをもそもそ食べていた雪菜《ゆきな》がぽつりとこぼす。

「週明けから期末テストが始まるのに、遊んでていいんですかね」

「わたしは普段から勉強してるので大丈夫です」

「あたしも問題ないかな」

「俺も、授業を聞いていれば普通に平均点以上は取れるしね」

澪《みお》、瑠《る》衣《い》、恵太《けいた》の順で事もなげに答える。

「雪菜《ゆきな》ちゃんは大丈夫そう？」

「まあ、普段から授業は聞いてるので問題はないかと」

リュグのメンバーは総じて優秀だった。

絢花《あやか》は三年生だが志望大学は安全圏とのこと。

瑠衣は最近まで名門女子校にいたので不安はないだろう。

身内から赤点保持者は誕生しそうにないのでひと安心だ。

「あたし、飲み物取ってくるね」

空にした紙皿を置き、席を立った瑠衣。

「あ、俺もいくよ」

そんな同級生のあとを追い、恵太も掃き出し窓から建物の中に入る。

デッキとリビングルームはこの窓を挟んで繋《つな》がっており、リビングに踏み入ったふたりはその奥にあるキッチンに向かった。

夏らしいハーフパンツ姿の瑠衣が大きな冷蔵庫を開けて、予《あらかじ》め冷やしておいたドリンクを渡してくる。

「はい、これ持って」

「はいよ」

炭酸飲料のペットボトルを抱えつつ、瑠衣の様子を見ながらさりげなく話を振ってみる。

「浜崎《はまさき》さんも、だいぶリュグに馴染《なじ》んできたね」

「んー？　まあね～」

「みんなとも仲良くやれてるみたいで安心したよ」

「いい子ばっかりだよね。澪も雪菜も、ちょっと変態だけど先輩も」

「あはは」

絢花の女の子好きは既に周知の事実だ。

暇さえあれば澪にセクハラしているので隠しようもない。

「浦島《うらしま》さ、次の新作はどんなランジェリーにするか決めてるの？」

「まだ考え中」

「そっか」

「浜崎さんに迷惑はかけられないし、なるべく早く完成させないとね」

「あ、別に急《せ》かしてるわけじゃないからね？　あたしも楽しみにしてるだけで。スケジュールはまだ余裕あるし、じっくり考えてよ」

「そうさせてもらうよ」

浜崎瑠衣《はまさきるい》は恵太《けいた》の下着のファンだったりする。

リュグのランジェリーが好きすぎるあまり、そのデザイナーである恵太を自分のブランドに引き抜くべく転校までしてきたのだが、いろいろあって逆に彼女がリュグのパタンナーとして移籍することになった。

「けど、浜崎さんがリュグにきてくれてよかったよ。仕事は早くて丁寧だし、デザイナーの意図を正確に汲《く》み取ってくれるし」

「まあ、マチックにいた時も浦島《うらしま》のデザインはかなり研究したからね」

「試着のモデルも引き受けてくれるから本当に助かってる」

「それはアンタが無理やりやらせたんでしょうが。他にもたくさん綺麗《きれい》な子がいるんだから、あたしがモデルをする必要ないでしょ」

「浜崎さんも、すごく綺麗だと思うけどね」

「そりゃ、見た目は悪くないと思うけど……そこまでスタイル良くないでしょ？」

「そんなことないよ。今日だって、浜崎さんの水着姿にドキドキしたもん」

「……へ？」

よほど予想外の返答だったらしく、瑠衣が弾《はじ》かれたようにこちらを見る。

「え？　ドキドキしたの？　浦島が？　あたしに？」

「逆になんでしないと思ったの？　浜崎さん可愛《かわい》いし、水着も似合ってたし、今だって短パンから伸びる脚とか、ほどよく引き締まっててめちゃくちゃ綺麗だと思うけど」

「ちょっ!?　どこ見てんの!?」

取り出したジュースの缶を両手に持ったまま、瑠衣が脚を隠そうとする。

「下着姿を見られてるんだから、今さら恥ずかしがらなくてもいいのに」

「そうなんだけど……脚を見られるのはなんか、下着を見られるより恥ずかしい……」

脚を押さえた瑠衣がモジモジする。

下着より脚を見られるほうが恥ずかしいなんて、女心は本当に難解だ。

「正直に言うと、褐色の肌と水着のコントラストがマニアックでたいへん素晴らしいと思ってました」

「そんな本音を赤裸々に語られても困るんだけど……」

瑠衣がジト目を向けてくる。

冷たい視線が夏の暑さの中では心地よい。

「……ま、いいや。そろそろ戻らないとね」

「そうだね」

Cカップの胸に缶を抱えて、先にいこうとした瑠衣が「あ、そうだ」と思い出したように振り返る。

「浦島《うらしま》さ、仕事で悩んでるならあたしに相談しなさいよ」

「え？」

「あたしはリュグのパタンナーで、アンタの相棒なんだから」

「……そうだね」

頼もしい言葉に胸が熱くなる。

それは相手のことを認め、信頼していないと出ない言葉だから。

そんな台詞《せりふ》を、普段は素っ気ない彼女の口から聞けたのだから感動もひとしおだ。

「ありがとう、浜崎《はまさき》さん」

「ん」

短く頷《うなず》いて、再び歩き出す瑠衣《るい》。

その横顔が少しだけ赤くなっていたことに微笑《ほほえ》んで、恵太《けいた》もペットボトルを手にそのあとを追ったのだった。

◆

その夜、別荘の浴室に一糸まとわぬ女子メンバーたちの姿があった。

バスルームはとても広く、それは檜《ひのき》の木で作られた浴槽も同様で、メンバー全員で浸《つ》かってもまだ余裕がある。

「本当に大きなお風呂ですね」

「ちょっとした温泉旅館みたいね」

「さすがに源泉かけ流しとかではないけどね」

「この広さだけで充分すぎるほど贅沢《ぜいたく》ですよ」

澪《みお》、絢花《あやか》、瑠衣、雪菜《ゆきな》の四人がお湯に浸かりながらお喋《しゃべ》りに興じる。

「そういえば、ゲームの結果はどうなってるんでしょうね？」

「ああ、恵太君をドキドキさせるゲーム？」

「まだ訊《き》いてないけど、浦島のことだから全員揃《そろ》って一等賞とか言いそうじゃない？」

「うわ……恵太先輩、すごく言いそう……」

ここにはいない男子の話で盛り上がる。

こうなると、会話の流れが定番の話題に移行するのは時間の問題だったのだろう。

「ところで、みんなは誰か好きな人とかいないの？」

女子会では必然ともいえる恋バナに切り込んだのは年長者の絢花で、

「わたしはそういう浮いた話はないですね」

「あたしも」

まず、二年生の澪《みお》と瑠衣《るい》のふたりが無難に回答すると、

「私は女優ですし、そういうのは事務所的にNGなので」

最後に一年生の雪菜《ゆきな》が微妙に目線を逸《そ》らしながらそう答えた。

「そんなアイドルじゃないんだから、別に恋愛したって問題ないでしょう?」

「そういう北条《ほうじょう》先輩はどうなんですか?」

「好きな人? もちろんいるわよ」

「えっ⁉ いるんですか⁉」

質問した雪菜が目を見張った。

たわわに実った胸が揺れるのもいとわず、身を乗り出して絢花《あやか》に尋ねる。

「だ、誰なんですか?」

「そんなの決まってるじゃない。雪菜さんも知ってる人よ」

「そ、それって……もしかして恵太《けいた》せんぱ――」

「澪さんよ」

「え?」

「私は初めて会った時から澪さん一筋だもの」

「ええー……」

左右の頬《ほお》に手を当てて「きゃっ♡」と可愛《かわい》い声を出す上級生。

そんな絢花とは対照的に、クライマックスで盛大な肩透かしをくらった雪菜が不満げな顔をする。

「というわけで澪さん、今夜は一緒のベッドで寝ましょうね？」

「ごめんなさい。普通にひとりで寝ますので」

「あん、澪さんは本当にいけずね。でもそんなクールなところも好き♡」

冷たくあしらわれてもめげない絢花さんである。

と、ここでしばらく黙っていた瑠衣が会話に加わる。

「けど、恋バナっていったらさ？　浦島《うらしま》はどうなのかな？」

「浦島君ですか？」

「今日のメンバーで唯一の男子なわけじゃん？　今夜はここに一泊するわけだし、これだけ可愛い女子に囲まれてたら、さすがに意識するんじゃないかなって」

「うーん……そうでしょうか？」

その意見には懐疑的な澪だったが、瑠衣が更に踏み込んでくる。

「澪は、もし浦島が夜這《よば》いにきたらどうする？」

「どうもこうも、浦島君はそういうことはしないと思います」

「へー？」

「な、なんですか……？」

「別に？　ただ、浦島《うらしま》のこと、ずいぶん信用してるんだと思って」

「まあ、浦島君には下着のことで相談に乗ってもらいましたから」

変態だけど、悪い人ではない。

意外と真摯で、人を傷つけるようなことは絶対にしない。

それが澪《みお》の彼に対する評価。

そもそも、そういう人でなければ今回の合宿も承諾しなかっただろう。

「ま、でもたしかにいい奴《やつ》だよね。あたしが熱で寝込んだ時も看病してくれたし。……勝手に下着を洗われたのは不本意だけど……」

「恵太《けいた》君は昔から優しいのよね。……すぐに女の子のパンツを見たがるけど……」

「私も、仕事の復帰を悩んでいた時に背中を押してもらいました。……いろいろと恥ずかしい思いをさせられたけど……」

「素直にいい人と言えないあたりに浦島君の闇を感じますね」

変態だけど悪い人ではない。

しかし裏を返せば、悪人ではないだけで変態ではあるのだ。

下着作りのためならわりとなんでもするので、年頃の乙女としては常に警戒心を持って接する必要がある。

「恵太先輩って、好きな人とかいるんですかね？」

「「「……」」」

雪菜《ゆきな》の放った爆弾発言を受け、澪たち三人の動きが一瞬だけ止まった。

そして——

「私の知る限り、そういう話は聞いたことがないわね」

「アイツ、ランジェリーのことしか頭にない感じだもんね」

「浦島君の好きな人とか、想像もつかないですね」

「いや、皆さん何食わぬ顔で言ってますけど、さっきの間はなんなんですか？」

何食わぬ顔から変化し、今度は素知らぬ顔でそっぽを向く上級生たち。

彼女たちのなんとも雑な演技を見て雪菜は思った。

異性を意識しているのはメンバーで唯一の男子ではなく、むしろ女の子たちのほうなのかもしれないと。

◇

「……あれ？」

恵太が目を覚ますと、そこは薄暗いリビングルームだった。

欠伸《あくび》を漏らしながらソファーに横たわっていた体を起こすと、誰かがかけてくれたらしいブランケットが床に落ちる。

「俺、寝ちゃってたのか……」

お腹《なか》いっぱい夕食を食べたからだろうか。

バーベキューのあと、睡魔に襲われた恵太《けいた》はそのまま寝入ってしまったらしい。

気を利かせてくれたのだろう。部屋の明かりは壁際に置かれたオシャレなスタンド照明のみで、スマホで時刻を確認すると午後九時を回ったところだった。

「うわ、寝汗が酷《ひど》いことに……」

どうりで寝苦しいと思ったら全身汗だくだった。

エアコンはつけていたが、設定温度をそれほど低くしていなかったのが原因だろう。

さすがに気持ち悪いし、このまま寝室のベッドを使うのは忍びない。

「部屋に戻る前にお風呂に入ろう」

ソファーから腰を上げた恵太は通路に出て、浴室のある奥に向かう。

「みんな、もう寝ちゃったのかな」

別荘の中はやけに静かで、他の四人は二階の寝室にこもっているものと思われた。

なので、なんの疑問も抱かないまま、ノックもせずに脱衣所に続くドアを開けてしまったのだが——

「えっ⁉　浦島《うらしま》君っ⁉」

「……ん？」

そこには、澪《みお》たち女性陣が勢揃《せいぞろ》いしていた。

見るからにお風呂上がりといった雰囲気で、服はおろか下着すら身に着けていない、完全に生まれたままの姿の四人が立っていたのである。

「あ、あれ……？　みんな、お風呂に入ってたの……？」

さすがの恵太もこれにはたじろいだ。

下着姿なら平気なのだ。

ほぼ裸に近い状態とはいえ、大事な部分はランジェリーが隠してくれているから。

しかし、今の彼女たちは違った。

いつもの試着会とは異なり、今回は完全にプライベート。

風呂上がりということもあり、四人とも猛烈に油断した状態で、完全な全裸だったのだから反応に困る。

「まさか、堂々と覗《のぞ》きにくるなんてね」

「恵太君もちゃんと男の子だったのね」

「恵太先輩、最低です……」

「浦島君、これはさすがに言い逃れできないと思います」

自身の手や持っていた下着などで体の要所を隠しつつ、頬《ほお》を赤らめた女の子たちが口々に言う。

瑠衣《るい》はシンプルに怒っているし。

絢花《あやか》も珍しく恥ずかしそうにしていて。

雪菜《ゆきな》は安定のゴミを見る目をしており。

澪《みお》はどこか悲しそうに責めるような視線を送ってくる。

「えーっと……」

この状況で恵太《けいた》にできることはひとつしかない。

「誠に申し訳ございませんでした！」

「言い訳ならあとで聞きますから、とりあえず出ていってもらっていいですか？」

「はい」

澪の指示に従い、そそくさとドアを閉める。

そのままヨロヨロと壁にもたれかかり、その場にしゃがみこんだ恵太は深く息を吐く。

「まさか、みんなでお風呂に入ってたなんて……」

恵太も男だ。女の子の裸を見て何も感じないわけがない。

なにより不慮の事故とはいえ、彼女たちの信頼を裏切るようなことをしてしまった罪悪感で押しつぶされそうになる。

「待てよ？　全員の裸を見ちゃったってことは……例の占いはどうなるんだろう？　もし

かして、あの四人の中に運命の人が……？」

裸を見てしまった誰かと結ばれる未来。

可能性があるのかもしれないと思うと顔が熱くなる。

そして、女子の着替えを覗《のぞ》いてしまった現在《いま》、直近の自分の未来を思うと別の意味でドキドキする。

「――浦島《うらしま》君」

「はいっ！」

直立して顔を上げると、きちんと服を着た女の子たちに囲まれていた。

「お待たせしました。それでは言い訳を聞かせてもらいましょうか？」

「逃げられると思わないでくださいね、恵太先輩？」

「ま、どのみち絶対に逃がさないけどね」

「今夜は長い夜になりそうね」

静かに怒っている澪に、笑顔が逆にこわい雪菜。

むっとした表情の瑠衣と、なぜか楽しそうな絢花が口々に言う。

「俺、帰ったら家族と新作下着のデザインに取りかかるんだ……」

死亡フラグっぽいことを口にしたあと、リビングに連行された恵太は硬い床での正座を強要され、昨夜の占い通り弁護人不在の裁判が開かれた。

味方は誰もいない針のむしろのなか。

四人全員に許してもらうまで、被告人は必死に謝罪し続けたのだった。

◆

覗《のぞ》き魔の裁判が閉廷したあと。別荘の二階にある個室、ふたつあるベッドのうちのひとつに、部屋着姿の雪菜《ゆきな》がちょこんと座っていた。

視線の先では、椅子に腰掛けた絢花《あやか》が櫛《くし》を使って髪のお手入れ中で。

手持ち無沙汰な雪菜は、なんとなく彼女の金色の髪に見惚《みと》れてしまう。

「北条《ほうじょう》先輩って、髪、綺麗《きれい》ですよね」

「そう？　ありがとう」

「私もまた伸ばそうかな……」

「私は短いのも素敵だと思うわよ」

「まあ、このくらいだと楽でいいんですけどね」

実は雪菜も今の髪型が気に入っている。

子役時代は伸ばしたりもしていたのだが、維持するのが大変で活動の休止を機にバッサリ切ってしまったのだ。

髪を梳《と》き終わり、立ち上がった絢花が今度は自分のベッドのふちに腰掛ける。

「それにしても残念だわ。澪《みお》さんと同じ部屋になれなくて……」

「北条先輩が澪先輩を襲った前科があるからじゃないですか？　今回は私で我慢してください」

「あら、私、雪菜さんのことも好きよ？」

「え……」

「だって可愛《かわい》いじゃない。美人で女の子らしくて、しかも胸が大きいなんて最高ね」

「ど、どうも……でも、夜中に私のベッドに入ってこないでくださいね？」

「あら、つれない」

北条先輩こと北条絢花は百合《ゆり》の人なので気が抜けない。

まあ、今はそんなことはどうでもいい。

それよりも、雪菜としては直近の事件のほうが気になっていた。

「はぁ……まさか恵太《けいた》先輩に裸を見られるなんて思いませんでした……」

「恵太君も、悪気があったわけじゃないと思うわよ？」

「わかってますけど……」

だとしても、簡単に割り切れるわけではない。

男子に裸を見られるなんて初めてだったし。

下着を見られるのとは比較にならないくらい恥ずかしい。

「っていうか、北条《ほうじょう》先輩は平気なんですか？」

「私は何度か見られたことあるから」

「えっ!? 北条先輩と恵太《けいた》先輩って、そういう関係だったんですか!?」

「見られたといっても、子どもの頃の話よ？」

「ああ、ふたりは幼馴染《おさななじみ》なんですよね」

小柄で愛らしいこの上級生は、恵太が子どもの頃からの親しい間柄なのだそうだ。

出会ったばかりの自分とは違い、たくさんの時間を彼と共に過ごしてきたのだろう。

そう思ったらなんというか、少しだけ嫌な気持ちになった。

（……って、なんで私が嫌な気持ちにならなきゃいけないの？ これじゃ嫉妬してるみたいじゃない……）

胸の中で渦巻くモヤモヤを振り払う。

幸い、絢花《あやか》はこちらの胸中には気づいていないようで、子どもをたしなめるような優しい笑みを向けてくる。

「せっかくの合宿なんだし、あんまり恵太君を怒らないであげてね」

「まあ、たしかに。今日は久々に人目を気にせず遊べましたし……」

仕事に復帰したあと、ドラマの出演が決まったり、ＣＭに出演したりして、その存在が再び世間に認知されるようになってきた。

一応、外を出歩く時は変装しているし、いろいろと気を遣っているのだ。

そういう事情もあって、今日は心の底からリフレッシュすることができた。

「恵太君、雪菜《ゆきな》さんのために人のいない海水浴場を探してたのよ」

「え？」

「雪菜さんは有名人だから、人目を気にせず楽しめるようにしたいって。——まあ、最初はなかなか見つからなかったみたいだけど」

「そうだったんだ……」

有名人の雪菜のために、穴場のビーチを探してくれていたらしい。

それはなんというか悪い気分じゃなくて。

むしろ——

「……ふぅーん？」

ニヤけそうになる口元を、寄せた手の甲でそっと隠す。

だってこんな顔、ぜったい誰にも見せられない。

「？　雪菜さん？」

「私、眠いのでもう寝ます！」

そう言い放ってベッドに横になる。

「え？　もう寝るの？　もっとガールズトークがしたかったのに〜」

後ろで絢花《あやか》が何かを言っていたが、未《いま》だ見せられる顔に戻っていない雪菜《ゆきな》は背中を向けて寝たふりをする。

「……仕方がないので、覗《のぞ》きの件は許してあげますか」

我ながら現金だと思う。

でも、それくらい恵太《けいた》の気持ちが嬉《うれ》しかった。

泣いたり、怒ったり、笑ったり。

彼と出会ってからずっと心がせわしない。

同時に、その騒がしさが愛《いと》おしいと思う。

そんなふうに、どこか甘くて幸せな気持ちを抱きながら、雪菜の合宿の夜はゆっくりと更けていった。

◇

「──ん？」

恵太がその異変に気づいたのは、もうすぐ零時を回ろうかという頃だった。

そこは別荘の二階にある個室のひとつ。

一度リビングで眠ったため、目が冴《さ》えてしまった恵太がタブレットで今日撮った写真を確認していたところ、部屋の外から微《かす》かに足音が聞こえたのだ。

件《くだん》の足音は部屋の前を通り過ぎ、どうやら階段を下りていったようで。

椅子から腰を上げ、窓の外を確認すると、抜け出したメンバーのひとりが海のほうへ歩いていくのが見えた。

「あれって……」

もう夜も遅い時間。

いくらプライベートビーチといっても、女の子がひとりで出歩くのはよくない。

心配になり、あとを追いかけることにした恵太はそのままの格好で部屋を出た。

通路を進んで階段を下り、スニーカーを履いて建物の外へ。

ほんのりと暖かい夏の空気を吸い込みながら海に向かう。

「……いた」

街の中で見上げるものとは違う、透き通るような色の月の下に、ぼうっと海を眺める澪《みお》の姿があった。

彼女が着ていたのはお風呂上がりの時と同じ、夏らしい薄手の白いワンピース。

これが昼間で、麦わら帽子をかぶっていたらさぞ似合っていただろうが、月夜に純白のワンピースもなかなかどうしてハマっている。

同級生の女の子の、綺麗《きれい》な横顔をしばし眺めたあと、恵太《けいた》は彼女に近づき声をかけた。

「水野《みずの》さん」

「え？」

驚いた澪《みお》が振り返り、目をぱちくりさせる。

「浦島《うらしま》君？　どうしたんですか？」

「水野さんが出ていくのが見えたから」

「あ、ごめんなさい。起こしちゃいました？」

「いや、夕方に少し寝たから眠れなくてさ。日中にみんなが撮った写真を見てたんだ」

「絢花《あやか》先輩、何枚も撮ってましたね」

「絢花ちゃんの撮った写真、際どいアングルのも多数あったよ」

「あとで消すのでデータを渡してくださいね」

「断固拒否するよ。これも貴重な資料だからね」

「浦島君、資料って言えばぜんぶ許されると思ってませんか？」

トゲのある口調で言いつつ、可愛《かわい》いジト目を向けてくる。

いつもの調子。

澪がモデルを引き受けてから間もないというのに、この空気が落ち着くと思ってしまうくらいには、彼女と一緒にいるということだろう。

「水野さんも眠れなかったの？」

「さっきまで瑠衣《るい》とお喋《しゃべ》りしてたんです。瑠衣が寝ちゃって……私はなんだか、眠るのがもったいなくて」

「もったいない？」

「私、こういうみんなと旅行みたいなの初めてなんです。中学の修学旅行なんかは、ダサい下着を見られないようにお風呂は理由をつけて部屋のものを使ってましたし。前に銭湯にいった時もそうでしたけど、みんなと一緒にお風呂に入るのって楽しいですよね」

「水野さん……」

「まあ、浦島君に覗《のぞ》かれたのは不覚でしたが」

「ごめん、悪気はなかったんだ」

とはいえ着替えを覗いたのは事実。

こちらとしては誠心誠意、謝ることしかできない。

そんな恵太の前に、不意に近づいた澪が上目遣いで覗き込んでくる。

「浦島君……」

「な、なんでしょう？」

「浦島君は、誰にいちばんドキドキしました？」

「はい？　ドキドキ？」

「はい。今日の合宿で、浦島《うらしま》君は誰にいちばんドキドキしましたか?」

「いきなりどうしたの?」

質問の意図がわからない。

説明を求めたところ、澪《みお》が手短に解説してくれる。

「実は、雪菜《ゆきな》の提案でゲームをしてたんです。女の子のなかで、誰がいちばん浦島君をドキドキさせられるか」

「そんなゲームをしてたのか……」

「そのゲームの勝者を、浦島君に決めてもらうことになってまして」

「なるほどね」

どうりで女の子たちが積極的だと思った。

恵太《けいた》の知らないところで、ずいぶん楽しそうなことをしていたようだ。

「そういうわけなので、優勝者を決めてもらえると嬉《うれ》しいんですけど」

「うーん、そうだね……四人が揃《そろ》って一等賞っていうのは?」

「考えうる限り最高に格好悪い回答ですね」

「辛辣……」

恵太の返答は酷評の嵐だった。

無難に答えたつもりなのに、澪からの猛烈なブーイングを受けてしまう。

「でもこれって、どう答えても角が立つやつだよね？」

「だから面白いんじゃないですか」

「水野《みずの》さんがめずらしくドSだ」

「それで？　あえてひとりをあげるなら誰なんです？」

「そう言われてもなぁ……」

思い返すと、今日はいくつもドキドキするポイントがあった。

絢花《あやか》の可愛《かわい》い一面が見られたり。

雪菜に大胆に迫られたり。

瑠衣《るい》の綺麗《きれい》な脚に興奮したり。

最終的には、脱衣所でお風呂上がりの女の子たちの肢体をこの目にバッチリと焼き付けてしまった。

（なんか、いろいろありすぎていちばんとか決められないんだけど……）

そんなふうに、またも日和《ひよ》ったことを考えていた時だった。

「……ん？」

恵太の目の前で、澪のワンピースのスカートが潮風になびいたと思ったら、突然ふわりと舞い上がったのだ。

夏の神様の仕業《イタズラ》だろうか。

月の光の下、澪《みお》シリーズ第一弾である水色の下着が現れ、その可愛《かわい》らしい姿をお披露目《ひろめ》したあと、再びスカートの中に隠れてしまう。

「…………」

「…………」

ふたりの間に流れる沈黙。

遅ればせながらスカートの前を手で押さえ、頬《ほお》を真っ赤に染めた澪に恵太《けいた》が告げる。

「——うん、今のがいちばんドキドキしたかな」

「ぜんぜん嬉《うれ》しくないんですけど⁉」

男子にパンツを見られて嬉しい女子はいないだろう。

なかにはそういうマニアックな趣味をお持ちの女子もいるかもしれないが、少なくとも澪は違うらしい。

「ありがとう。やっぱりランジェリーは最高だって再確認したよ」

「裸より下着にドキドキするなんて、やっぱり浦島《うらしま》君は変態です……」

不服そうに澪が呟《つぶや》く。

ゲームに勝ったというのにあまり嬉しくなさそうだ。

「そろそろ戻ります。さすがに眠くなってきましたから」

まだほんのりと赤い顔で伝えて、彼女が別荘のほうに足を向ける。

これは追いかけないほうがいい感じなのだろうか？

乙女心がわからず逡巡《しゅんじゅん》する恵太《けいた》の横を通り過ぎ、少し進んだところで足を止めた澪《みお》が振り返った。

「なにしてるんですか？」

「え……？」

「無断でパンツを見たんですから、責任を取って別荘まで護衛してください」

「――そうだね。お任せあれ」

澪の台詞《せりふ》に少し笑って、海を背にした恵太は歩き出した彼女の横に並び、歩調を合わせて別荘に向かう。

同級生の女の子と夜の海でお喋《しゃべ》りしたり、砂浜を一緒に歩いたり――

こういうのも、とても青春っぽいなと思いながら。

◇

翌日、日曜日の夜九時過ぎ。

自宅マンションのリビングにて、ソファーに腰掛けた乙葉《おとは》が手にしたタブレットから顔を上げた。

「――で？　これが今回の合宿の成果か？」

「うん！」

元気よく返事をしたのはソファーの傍《そば》に立った恵太である。

海での合宿を終え、自宅に戻った恵太はさっそく新作のデザインに取りかかり、その日のうちに代表に提出したのだ。

「昨日、みんなの裸を見た時に思いついたんだ。女の子の体はそれだけで完成された美しさがあるって。そして、これこそがそこから着想を得た、新時代のランジェリー……『裸と見分けがつかない限りなく無色透明の下着』だよ！」

「いや、どんなエロ下着を作る気だよお前は」

「あれ？　ダメだった？」

「当たり前だろ。普通に却下だ」

恵太が提案した新作案は、頼れる代表の英断によって当然のように却下された。

スケスケランジェリーのデザイン画が表示されたタブレットを返して、乙葉が深いため息をつく。

「まったく、こんなんじゃ先が思いやられるぞ」

「そんなにダメだった？」

「……」

その問いを完全にスルーして乙葉《おとは》が告げる。

「わかってるんだろうな？　急がないと、もう〝期限〟まで一年ないんだぞ」

「期限か……」

「それまでにお前の親父《おやじ》を納得させないと、リュグは……」

「わかってる。期限までに、父さんに認めてもらえるランジェリーを作るよ」

それは乙葉以外、誰にも言ってないことだ。

父親から受け継いだランジェリーブランド『RYUGU《リュグ》・JEWEL《ジュエル》』。

このブランドを存続させるのにはひとつの条件があった。

最愛の妻を亡くしたことで、リュグの存続に乗り気じゃなかった父を説得するために、恵太《けいた》が引き出した譲歩。

父親が定めた期限までに、彼が認めるランジェリーを生み出すこと。

その期限は恵太が高校三年生になる前。

それまでにリュグの創設者である父を超えるような、浦島《うらしま》恵太の最高傑作を作り上げる必要があるのだ。

第三章　最近、後輩の様子がちょっとおかしいんだが。

Lingerie girl wo okini mesu mama

合宿が終わり、週が明けるとすぐに期末テストが始まった。

延べ三日間、全ての生徒に平等に訪れる地獄の期間。

きちんと備えてきた者には栄光を。

まるで勉強してこなかった愚か者には恐怖を与える無慈悲な試練の初日を、恵太はそこそこの手応えでもって乗り切った。

「恵太、数学はどうだった？」

ホームルームが終わったあと、友人の瀬戸秋彦《せとあきひこ》が恵太の席にやってくる。

「しばらく数式は見たくないね。ブラのサイズ表なら永遠に眺めていられるけど」

「オレとしては、ブラよりその奥の本体を拝みたいところだな」

初日を終えた解放感から秋彦とアホなことを言い合う。

彼の発言のせいで、先日のお風呂での一件を思い出したのは秘密だ。

「なになに〜？　なんの話？」

秋彦の横から顔を出し、話しかけてきたのは吉田真凛《よしだまりん》。

髪をツインテールにしたクラスメイトで、秋彦に片想《かたおも》い中の女の子で、その隣には澪《みお》の姿もあった。

「難関の数学が終わってさっぱりしたなって話してたんだ。なっ？　恵太《けいた》？」

「そうそう」

「あはは、わかる。ウチも数学は嫌いだよ～」

友人の華麗な嘘《うそ》に乗っかっておく。

女子の前で生乳の話はさすがにまずいと思ったわけだが、

（……ん？）

恵太は気づいてしまった。

真凛《まりん》の横で黙って聞いていた澪《みお》が、いつにも増して冷たい目を男子ふたりに向けていることに。

「……思いきりブラのその奥を見たいとか言ってましたけどね（ボソッ）」

澪には秋彦《あきひこ》の発言が聞こえていたようだ。

秋彦と澪が顔を合わせるたび、彼女の中の彼の好感度が下がっているように見えるのは気のせいではないと思う。

「そうだ吉田《よしだ》さん、テストが終わったらアニメの鑑賞会しようぜ。うちの姉たちが出払ってる時を見計らってさ」

「いいの？　やった～♪」

実はオタクという共通点がある秋彦と真凛。

未《いま》だ真凛の恋愛感情は彼に伝わっていないが、定期的に漫画の貸し借りなどをしているらしく、順調に仲を深めているようだ。

「あっ、そうだ浦島《うらしま》くん」

「なにかな、吉田さん？」

「浦島くんに相談というか、お願いしたいことがあるんだけど」

「ふむ？　なんだろう？」

「今、夏コミに向けてコス衣装を作ってるんだけどね」

「ああ、吉田さんコスプレするんだよね」

以前、澪に写真を見せてもらったことがある。

真凛のコスプレへの熱意はかなりのもので、衣装も自作しているという。

「それで浦島くんに、キャラに合わせた下着を作ってもらえないかなって」

「キャラに合わせた下着を？」

「そうなの！　今回コスプレする予定の子はウチの大好きなキャラだから、今年は下着も気合いを入れたいんだよ！」

こぶしをぎゅっと握り、真凛が力説する。

その熱弁だけで、彼女の思いのたけは十二分に伝わってきた。

「なるほどね。キャラに合わせた下着か……」

少し考えてみる。

確かにデザイン自体はできると思うが、キャラに合わせた下着作りとなると綿密な打ち合わせが要るだろうし、実際に縫製を担当する人物と直接やり取りをしたほうがイメージ通りのランジェリーになる気がする。

「それなら俺よりも浜崎《はまさき》さんのほうが向いてるかもね」

「浜崎さんって、ルイルイのこと？」

「ルイルイ？――ああ、下の名前が瑠衣《るい》だから」

聞き返してからすぐに気づく。

なんとも可愛《かわい》らしいネーミングだ。

「最近よくみおっちと一緒にいるから、ウチも友達になっちゃったんだ」

「前から思ってたけど、吉田《よしだ》さんのコミュ力はすごいよね」

明るく、裏表のない性格は話していて心地よい。

誰とでも仲良くなれるタイプの女の子だ。

横暴すぎる姉たちの影響で女性不信気味の秋彦《あきひこ》とも親しくしているようだし、クラスの男子に人気があるのも頷《うなず》ける。

「ルイルイって、浦島《うらしま》くんのところでパタンナーをしてるんだよね？」

「うん。俺と違って縫製までできるから頼りになるよ。ちょうど今は手の空いてる時期だし、テストが終わったら手伝ってもらえないか訊《き》いてみるよ」

「ありがとう、浦島くん！」

真凛《まりん》が両手でこちらの手を握ってブンブンと振る。

確約はできないが、瑠衣も面倒見がいいので頼めば引き受けてくれるはずだ。

周囲を見ると二年E組の生徒は半数以上が帰っており、明日のテストに備えて勉強するため、恵太《けいた》たちも解散する流れになった。

筆記用具を鞄《かばん》に仕舞《しま》い、恵太も教室を出ようと席を立つ。

「……ん？」

体を教室の出入口のほうへ向けた時、廊下からこちらを覗《のぞ》き込む黒髪の女の子が視界に入った。

「あれ？　雪菜《ゆきな》ちゃん？」

目が合った途端、すぐに体を引っ込めてしまったが、今のは後輩の長谷川《はせがわ》雪菜に間違いない。

「誰かに用事だったのかな」

たしかに上級生の教室は足を踏み入れづらい。恵太にも覚えがある。

誰かに用事があるのなら取り次いであげようと思い廊下に出るも、既に後輩の姿はなく、数人の同級生がまばらにいるだけだった。

「なんだったんだろう？」

気になるが、本人がいないのではどうしようもない。

仕方なく帰ろうとすると、背後から控えめな声に引き留められた。

「あ、あのっ、浦島《うらしま》くん……」

「ん？　——ああ、佐藤《さとう》さん」

振り返ると、身長170センチの長身の女の子が立っていた。

恵太《けいた》と同じく手に学生鞄《かばん》を提げ、ショートの髪が似合う彼女は佐藤泉《いずみ》。

澪《みお》や真凛《まりん》の友人で、大人しい性格だが、中学時代からバレーボール部に所属するスポーツ少女である。

「どうしたの？」

「うん……あのね？」

恵太が尋ねると、泉がおずおずと用件を口にする。

「このあと少し、時間をもらってもいいかな？」

泉に連れてこられたのは屋上に続く階段の踊り場だった。

テスト期間中で部活もなく、ほとんどの生徒はさっさと帰ってしまうため、ここから屋上に向かおうとする人はいない。

静かに話をするには格好のスポットだ。

「ごめんね。教室だと恥ずかしくて」

「もしかして、また下着の相談とか？」

「あ、ううん。そうじゃなくて……」

なにやらモジモジする泉。

彼女は鞄から何かを取り出すと、両手で差し出してくる。

「これ、どうぞ」

「これって……」

受け取ったものを確認すると、綺麗《きれい》にラッピングされたクッキーだった。

よく見ると、表面に大粒のチョコチップがちりばめられている。

「Tバックの時のお礼。ずっとどうしようか考えてたんだけど、真凛に訊《き》いたら、男の子は手作りのお菓子をあげたら喜ぶって教えてくれて」

「吉田《よしだ》さんは男心がわかってるね」

さすがはコミュ力のお化け。

アドバイスが的確すぎて舌を巻くレベルだ。

「ということは、このクッキーは佐藤《さとう》さんの手作りなんだね」

「うん。味見もしたし、うまくできたと思うから、勉強の時にでも食べてくれたら嬉《うれ》しいです」

「ありがとう。頭を使うと甘いものが欲しくなるから助かるよ」

「よかった」

安心したように泉《いずみ》が微笑《ほほえ》む。

彼女の大人っぽい笑顔は、真凛《まりん》の太陽のような笑顔とはまた違った魅力がある。

「あと、それでね？　テストが終わったらでいいんだけど、浦島《うらしま》くんのお仕事が休みの日とか、よかったら私と映画でも――」

泉が更に何かを言いかけた時、不意に〝ガタン〟と背後から音がした。

それから「やばっ!?」という決定的な声が続き、恵太《けいた》が声のしたほうを見ると、見覚えしかない黒髪ガールが通路の角に隠れたところだった。

「あれ？　また雪菜《ゆきな》ちゃんだ」

先ほど教室にもきていたが、これは……

「もしかして、俺に用があるのかな」

「そうだと思うけど……」

「どうして隠れちゃったんだろう？」

「さあ？」

ふたり揃《そろ》って首をひねる。

謎は深まるばかりだ。

「そういえば佐藤さん、今なにか言いかけてなかった？」

「あ、ううん！　なんでもないから！」

パタパタと胸の前で両手を振って、ぎこちない笑みを浮かべた泉が「じゃあ、また明日」と言い残して階段を下りていってしまった。

「ふむ……」

そのあと一応、雪菜が姿を消したほうに足を運んでみたものの、そこにはやはりというか、誰もいない廊下が続いているだけだった。


「──というわけで、雪菜ちゃんの様子がおかしかったんだよね」

「ふーん、そうなんだ……」

「浜崎《はまさき》さん。俺、雪菜ちゃんになにかしちゃったのかな？」

「いや、それ以前にさ、なんで浦島はあたしの部屋にいるわけ？」

その夜、恵太が身を寄せていたのはお隣さんの浜崎瑠衣《るい》の部屋だった。

ふたりともとっくに制服から私服に着替えており、部屋の主である瑠衣《るい》は自分の机に、恵太《けいた》はローテーブルに教材を広げて完全にお勉強モードだ。

「なんか落ち着くんだよね、浜崎《はまさき》さんの部屋」

「あたしはアンタがいると落ち着かないけどね」

「それに自分の部屋だと、ついタブレットを開いちゃうから勉強に集中できなくて」

「まあ、言いたいことはわかるけど……だからって、こんな時間に女子の部屋に入り浸るってどうなの……」

ちなみに現在時刻は夜の九時過ぎ。

寝るには早いが、たしかに異性の部屋にお邪魔するには遅い時間だ。

「あ、お茶淹《い》れてこようか？　浜崎さんのお気に入りの紅茶、切れそうだったから補充しておいたよ」

「もはや自分ち並みに馴染《なじ》んでるじゃん……」

呆《あき》れたというか、諦めたようにため息をつく瑠衣。

彼女は「詳しく聞きましょう」というように椅子と体をこちらに向けた。

「で？　雪菜《ゆきな》の様子が変だったたって？」

「うん……けど、ぜんぜん心当たりがないんだよね」

「浦島《うらしま》を避けるような態度を取ったんだっけ」

「そうそう。なのに、気づいたらこっちの様子をうかがってるんだよ」

「それってアレじゃない？　少女漫画とかだと、主人公のことが気になり始めたヒロインがよく取る行動だよね」

「いや、そういう感じではなかったような……」

後輩の視線に甘い雰囲気は感じなかった。

喩《たと》えるなら、初めて連れてこられた家に戸惑う猫のような反応とでもいうか……

「なら、普通に嫌われてるとか？　それか、浦島がなにかロクでもないことをやらかさないか見張ってるとか」

「うーん……どれもピンとこないね……雪菜ちゃんに嫌われる原因なんて、合宿の時に着替えを覗《のぞ》いたくらいだし……」

「むしろ充分すぎるでしょ」

改めて考えてみても、雪菜の奇行の原因究明には至らない。

「ま、なにかあるなら向こうから言ってくるだろうし、相手の出方を待つしかないんじゃない？」

「そうだね」

わからないことを考えても仕方ない。

それよりも今は目の前の試験のほうが重要だ。

「明日もテストだし、今は勉強に集中しよう」

「いや、そろそろ帰ってほしいんだけど……」

余談ではあるが、恵太《けいた》は瑠衣《るい》のことをツンデレガールだと思っている。

その理由は簡単で――

「ところで今日、吉田《よしだ》さんにコス用の下着を作ってほしいって言われたんだけど、浜崎《はまさき》さんに頼めないかな？」

「なんであたし？」

「俺よりも、浜崎さんが適任だと思って」

「む……もう、仕方ないなぁ……リュグの仕事と並行になるけど、やってあげる」

この通り、素っ気ないふうを装いながらも面倒見がいいからだ。

その後も、なんだかんだ言いながら部屋に置いてくれたばかりか、恵太のわからないところを懇切丁寧に教えてくれたりして、勉強はとてもはかどりましたとさ。

◇

それから二日後のテスト最終日。

無事に試験を終え、迎えた放課後の被服準備室で、恵太は黒髪の後輩女子に見張られていた。

「……」

「……」

テーブルを挟んで向かいの席に座った雪菜《ゆきな》が、何を言うでもなく、ただただじっと恵太に視線を注いでいる。

テストが終わり、部屋でのんびりしていたところに彼女がやってきて今の状況になったのだが――

大抵のことでは動じない恵太も、これはさすがに気になって仕方がない。

「……あの、雪菜ちゃん？」

「どうかしました？」

「それ、わりと俺の台詞《せりふ》なんだけどね……さっきからずっとこっちを見てるけど、どうかしたの？」

「いーえ？　別になんでも」

「そ、そう……」

だったらその何か言いたげな視線はなんなのだろう？

ふたりきりの空間で、異性にじっと見つめられるのはなんとなく落ち着かない。

顔に何かついているかと思ったが、そういうわけでもないようだし。

（もしや、日頃からさりげなく雪菜《ゆきな》ちゃんの胸を見てたのがバレたとか？）

だとしても自分は悪くないと思う。

そこに巨乳があったら見るし。

谷間が見えようものならなりふり構わず脳裏に焼き付ける。

それは遺伝子に刻まれた生物としての男の本能であり、自分の意思とは無関係に自然と視線が向いてしまうのだ。

故に、後輩の胸を目で追ってしまう自分をなんら恥じることはない。

「恵太《けいた》先輩」

「はいっ、すみません！」

「なんで謝ってるんですか？」

「なんで謝ってるんだろうね」

完全に挙動不審だった。

即座に平静を装って対応する。

「それで、なんだろう？」

「別に大したことじゃないんですけど——恵太先輩って、いろんな女の子の世話を焼いてますよね」

「え？　世話？」

「ツインテールの可愛《かわい》い先輩の相談に乗ってあげてたし、背の高い綺麗《きれい》な先輩にお礼だって手作りのお菓子をもらってたじゃないですか」

「ああ、吉田《よしだ》さんと佐藤《さとう》さんだね」

「吉田さんと佐藤さん？」

「同じクラスで、水野《みずの》さんの友達だよ」

「澪《みお》先輩の……それにしては、恵太先輩ともずいぶん親しそうだったけど」

「下着の件で相談を受けたりしたからね。佐藤さんのお菓子はその時のお礼だって。お返しはいいって言ったんだけど、律儀だよね」

「……ふーん？」

「な、なにか……？」

「べっつにー」

なんだろう。

今日の後輩はすこぶる機嫌が悪い模様である。

「ほんと、気楽なもんですよね……私がこんなに悩んでるのに……」

「悩んでる？　もしかして、また胸についてネットに書かれたりしたの？」

「そうじゃないんだけど……」

ちらりと、上目遣いにこちらを見る雪菜。

　直後、黒髪の後輩が意を決したように言う。

「あの、この間はありがとうございました」

「え？　なにが？」

「北条《ほうじょう》先輩に聞いたんです。合宿の場所、私のために他に利用者のいないビーチを探してくれたって」

「ああ……」

　有名人の雪菜《ゆきな》は目立つため、トラブルを避ける意味で人目の少ない場所を探したのだ。

　本人には伝えていなかったのだが、絢花《あやか》が教えたらしい。

「おかげですごく楽しかったので、お礼を言いたくて」

「もしかして、それを伝えるために俺を追いかけてたの？」

「いざ言おうと思ったら、ちょっと照れくさくなりまして……」

「雪菜ちゃんも律儀だね」

　企画者として、メンバー全員が気兼ねなく楽しめるようにとの配慮だったのだが、本人から楽しかったと聞くと嬉《うれ》しいものだ。

　たまに生意気だったりもする後輩だが、こういうところは素直に可愛《かわい》いと思う。

「……まあ、着替えを覗《のぞ》かれたのは普通に最低でしたけど」

「それは本当にごめんなさい」

その事件に関しては一方的に自分が悪い。

参加者が女の子ばかりだったのだから、もっと気を遣うべきだったと反省している。

「その件については男として責任を取るよ」

「責任!?　そ、それって……」

「雪菜ちゃんが望むなら、今からでも自首しようと思う」

「いや、重すぎるんですけど!?」

「でも……」

「でもじゃないし、さすがにそこまでの罰は望みませんから！」

「雪菜ちゃんがそう言うなら……」

「なんでちょっと残念そうなの……」

ともあれ許してもらえたようで安心する。

仲間内で気まずくなるのは避けたいところだ。

「でも、合宿は本当に楽しかったです。実は最近、映画の仕事が忙しくてリフレッシュできてなかったので」

「映画の仕事、決まったんだ？　おめでとう」

「ありがとうございます。なんとヒロインなんですよ」

「それはすごいね」

復帰してすぐにドラマの出演が決まっていたが、立て続けに映画のヒロインの座まで射止めていたとは。

彼女の役者としての実力はやはり本物なのだろう。

「……恵太《けいた》先輩って、恋人とかつくらないいんですか？」

「恋人？」

「だって、先輩の周りにいるのって可愛《かわい》い子ばかりじゃないですか。澪《みお》先輩や浜崎《はまさき》先輩もそうだし、北条《ほうじょう》先輩は幼馴染《おさななじみ》なんですよね？　なにか浮いた話とかないんですか？」

「うーん、そういうのはないかな」

「そうなの？」

「俺、昔からずっとランジェリーのことばかり考えてたし、女の子に告白したこともされたこともなかったよ」

「ふうん？　そうなんだ？」

なぜか雪菜《ゆきな》がニマニマする。

先輩に浮いた話がないことがそんなに楽しいのだろうか？

「その調子だと、恵太先輩は一生童貞ですね」

「なんてことを言うの」

爆弾発言すぎてびっくりした。

しかし内容自体はリアルというか、強く否定できないのが悔しい。

忘れていたがこの後輩、けっこう毒舌なのだ。

（まあ、調子が戻ったならいいけど）

楽しそうな雪菜の様子に、こちらまで気分が軽くなる。

それで元気になるなら甘んじて一生童貞の汚名を受け入れよう。

「……でもまあ、つくってみてもいいかもしれないね」

「？　なにがですか？」

「恋人」

「えっ!?　本気ですか!?」

「考えてみれば、可愛い彼女がいれば下着のサンプルを試着させ放題だなって思って」

「あ、けっきょく下着なんですね……」

オチまで聞いた後輩が短く息を漏らす。

その反応に恵太が首を傾《かし》げた。

「雪菜ちゃん、なんだかほっとしてる？」

「はあっ!?　ほっとなんてしてないですけど!?」

「そう？」

「そうなんです！　あんまり変なこと言わないでください！」

さっきまで笑っていたかと思えば急に怒り出したり、相変わらず乙女心はせわしない。

その複雑怪奇な概念を理解できれば下着作りの道を極められるかもしれないが、これは何年かかっても解き明かすのは難しそうだ。


お花を摘んでから帰るという雪菜《ゆきな》と別れ、準備室を出た恵太《けいた》は昇降口に向かい、下駄箱《げたばこ》で靴を履き替えてから校舎を出た。

「ん？　あれは……」

途中で足を止めたのは、学校の敷地内、来賓用の駐車スペースに見覚えのある黒の車《セダン》が止まっていたからで。

車の傍《そば》にはこれまた見覚えのあるスーツ姿の女性が腕を組んだ状態で立っており、ベリーショートの髪が印象的なその人が顔を上げた瞬間、ふたりの視線が噛《か》み合った。

「君は、あの時の……」

「コンビニでお会いして以来ですね、柳《やなぎ》さん」

アレは雪菜と初めて会った時のこと。限定品の雪うさぎ大福を探してコンビニを訪れた恵太は、その駐車場で言い争っている巨乳の女の子と柳を目撃したのだ。

その仲裁に入ったのが雪菜とのファーストコンタクトで。

柳が雪菜のマネージャーだと、あとになってから聞いた。

「あの時は悪かったな。失礼な態度を取ってしまって」

「気にしないでください。俺も失礼なことを言ってしまったので」

「そう言ってもらえると助かる」

今回は敵対していないからだろう。

心なしか以前よりも彼女の口調が穏やかに感じる。

「柳さんは雪菜ちゃんを待ってるんですか？」

「ああ、これから仕事が入ってるんでね」

「学校に通いながらだと大変ですね」

「まあ、そうだな。幸い今日のは時間がかかる仕事じゃないし、すぐに終わらせて家に帰すよ」

学生であっても仕事である以上はそちらが優先される。

大人と一緒に仕事をしている恵太も、それは身をもって理解している。

「そういえば、自己紹介とかしてなかったですね。俺は浦島《うらしま》恵太といいます」

「君のことは雪菜から聞いているよ。リュグのデザイナーなんだってな。あの子が復帰するきっかけを作ってくれたこと、感謝している」

「俺は雪菜ちゃんに合う下着を作っただけですけどね」

彼女の胸に関する悩みを解決し、その背中をほんの少し押しただけだ。

最終的に復帰を決めたのは雪菜《ゆきな》だし、真の立役者は彼女の居場所を守ってくれていた柳《やなぎ》のほうだろう。

「そうだ。君に訊《き》きたいことがあるんだが、いいかな？」

「なんですか？」

「雪菜のことなんだが、学校ではどんな様子かと思ってな」

「雪菜ちゃんの様子ですか」

「ああ、なにか変わったことはないだろうか。……その、元気がなかったり、落ち込んでいたりとか……」

「？　いえ、さっきも少し話してたけど、いつも通り、ちょっぴり毒舌な普通の雪菜ちゃんでしたよ？」

「そうか……いや、それならいいんだ。変なことを訊いて悪かったな」

「いえ」

どうしてそんなことを訊くのか気になったが、雪菜も仕事が忙しいようだし、学校と両立できているか心配なのかもしれない。

「浦島《うらしま》君」

「はい？」

「映画の役も決まったし、雪菜はこれからますます有名になる。私が言えた義理ではないが、高校でもいろいろと注目されるだろうからな。これからもあの子を気にかけてやってくれると助かる」

「それはもちろん」

断る理由はなかった。

彼女は大切なリュグのモデルで、可愛《かわい》い後輩なのだから。

◆

突然だが、長谷川《はせがわ》雪菜はお風呂が大好きである。

お風呂が好きとはいっても銭湯にはほとんどいかない。

Gカップという平均よりもだいぶ大きなバストを誇るが故、自然と周囲の視線を集めてしまう雪菜である。

同性であってもあまり見てほしくないし。

個人的には自宅のお風呂が至高だと思っている。

浴室は雪菜にとって視線を気にせずリラックスできる数少ない空間であり、バスタイムは一日の疲れを癒やす至福の時間だった。

そう、至福の時間。

そのはずだったのだけれど――

「はぁ……」

その日の夜、髪と体を洗い終え、湯船に浸《つ》かった雪菜《ゆきな》がこぼしたのはリラックスからは程遠い憂鬱なため息だった。

原因は言うまでもない。

本日の放課後、上級生が放った問題発言である。

「恵太《けいた》先輩、恋人をつくるとか言ってたけど本気なのかな……」

信じがたいことに、本人に自覚がないだけで浦島《うらしま》恵太に好意を寄せていそうな女の子が複数いたりする。

雪菜的にはリュグのメンバーは全員怪しいと睨《にら》んでいるし。

先日、手作りのお菓子を渡していた佐藤《さとう》さんとやらはもう確実だ。

なぜなら、女の子は好きでもない異性のためにわざわざ手作りクッキーを焼いたりしないからである（証明完了）。

「まったく恵太先輩は……どれだけ女の子と仲良くすれば気が済むんだか……」

彼の周りにはただでさえ綺麗《きれい》な知り合いが多いのに、リュグの関係者だけじゃ飽き足らず、あんな背が高くてスタイルのいい美人まで関わりがあるとは完全に想定外だ。

「むぅ……」

なんというか、すごくモヤモヤする。

誰にでも節操なく笑顔を向ける彼に対しても。

そんな暗い気持ちを抱く自分自身に対しても。

「いや、これじゃ私が嫉妬してるみたいだし……嫉妬とかないから。ないないないない」

言い聞かせるようにブツブツと呟《つぶや》く。

この雪菜が――かつては天才子役としてその名を轟《とどろ》かせ、復帰してすぐに映画のヒロインの座を勝ち取った女優の長谷川《はせがわ》雪菜が、あんな変態デザイナーに現《うつつ》を抜かすなどありえないのである。

「……ちょっとのぼせたかも……」

気づくと、けっこう長い時間を浴槽で過ごしていた。

いくら気持ちよくても長湯は禁物。

これ以上は危ないと、ほどほどのところで切り上げて雪菜は浴室をあとにする。

脱衣所で体を拭き、初めて恵太にもらった薄紫の下着を身に着ける。

シャツとハーフパンツを身に着けて、ドライヤーで髪を乾かすと迷うことなくリビングに向かった。

そうして足を運んだのは対面式のキッチン。

冷蔵庫の前に立つと、冷凍室を開けてからお気に入りのアイスを取り出した。

「ふふふ、やっぱりお風呂上がりはコレに限りますな♪」

雪菜《ゆきな》が手にしたのは雪うさぎ大福。

限定抹茶味は既に販売を終了しており、これは普通のバニラ味。

長谷川《はせがわ》家ではこのアイスを大量にストックしてあるのだ。

ちなみに両親は仕事が忙しく、帰ってくるのはいつも遅いので、雪菜のこの楽しみを咎《とが》める者はいない。

そんなわけでリビングのソファーに座り、さっそくアイスのフタを開ける。

ふんふんふ～んと鼻歌を歌いながら、愛用のフォークで真っ白なうさぎをひと口サイズに切り分けると、その愛らしい氷菓を口の中に入れた。

「んん～、美味～♪」

バニラアイスが舌の上でとけ、広がる幸せの味。

思わず足をパタパタさせてしまう。

「そういえば、初めて恵太《けいた》先輩に会った時も雪うさぎ大福を買ったっけ……」

浦島《うらしま》恵太との出会いは近所のコンビニだった。

あの時はまだ役者に復帰する前で、アイスを買いにいったらマネージャーに捕まって、彼女と言い合っていたところに彼が割って入ってきたのだ。

「まさか、助けてくれた人が同じ学校の先輩で、ランジェリーデザイナーだとは思わなかったな……。モデルになってほしいって言われた時は完全に胸目当てだと思ったし……いや、実際に胸が目的ではあったんだけど……」

とんでもない変態だし。

いつも無茶振《むちゃぶ》りばかりするし。

やること全てがめちゃくちゃで――

だけど、いつも他人のことばかり考えている、どこか憎めない人だったりする。

「ほんと、変な人……」

変なのは当然だ。

男嫌いの雪菜《ゆきな》が家族以外で唯一、心を許した異性なのだから。

「ふふ」

さっきまで怒っていたのに、気づくと頬《ほお》がほころんでいた。

気分が晴れたのは恵太《けいた》とのエピソードを思い出したからではなく、おいしいアイスのおかげということにしておく。

「今日はもう一個、食べちゃおうかな」

まだひとつ目を食べ終えていないのに、もうふたつ目のアイスに手を出すか迷っていると、不意に雪菜の耳が〝ギシッ〟という奇妙な音を拾い上げた。

「……ん？　なにか今、変な音がしたような……」

なんだろう？

ほんの一瞬、微《かす》かに聞こえた程度だが、なんとなく不安を掻《か》き立てられる不気味な音だったような……

「ま、いっか。──ん～♪　雪うさぎちゃんおいし～♪」

もう不審な音はしないし大した問題ではないだろう。

そう結論付け、スプーンを使って再び幸せを噛《か》みしめる。

そんな自分のすぐ傍《そば》で、恐怖の足音が近づいていることを、この時の雪菜は知るよしもなかったのである。

◇

それは、一学期の最終日のことだった。

先日のテストの答案用紙が返却され、文字通り夏休みを目前に控えた七月下旬のその日、被服準備室で恵太がネットサーフィンをしていたところに雪菜が顔を出した。

「おつかれさまでーす」

「おつかれさま、雪菜ちゃん」

いつもの挨拶を交わす。

彼女は持っていた鞄《かばん》を下ろすと、席に着いていた恵太《けいた》の横にやってきた。

「……あの、恵太先輩？　少しいいですか？」

「ん？　どうしたの？」

「ちょっとご相談がありまして……前にもらった、フロントホックのブラがあるじゃないですか」

「ああ、あの下着か」

「実は今も着けてるんですけど……なんか違和感があって……」

「違和感？」

ランジェリーは直接女性の肌にふれるアイテムである。

言うまでもないことだが、下着に構造上の欠陥があってはならない。

もしも致命的な問題があると発覚すれば、最悪の場合、既に出回っている商品を回収する必要が出てくる。

「それは大変だ。ちょっと見せてもらってもいいかな？」

「え？　今ですか？」

「こういうのは早いほうがいいし、不具合があったら困るからね」

「……まあ、いいですけど」

恥ずかしそうに頬《ほお》を染めつつ、雪菜《ゆきな》が襟のリボンを外す。

それから胸元のボタンを外して、ブラウスを脱いだ。

現れたのは、たわわなバストを包む薄紫のブラジャー。

恵太がデザインし、前任のパタンナーである池澤《いけざわ》さんが手掛けたフロントホックブラの試作品である。

席を立ち、近くで見たところ、どこにも異変は見当たらないが……

「……ん？」

大方の確認を終えたタイミングで、微《かす》かにギチギチと奇妙な音が聞こえた。

その音は徐々に大きくなっていき、音に合わせてブラの正面の布地が目に見えて歪《ゆが》んでいく。

そして次の瞬間、ひときわ大きな音を立ててブラのホックが弾《はじ》け飛《と》んだ。

「おお……」

当然、支えを失ったブラはハラリと床に落ち、下着に包まれていた果実の全貌が露《あら》わになる。

破損の反動でGカップが震える様子はダイナミックな映画を鑑賞しているようだった。

「ええっと……」

というか、後輩女子の生乳を間近で目撃してしまった。

圧倒的な質量に大迫力な存在感。

並の男子であれば鼻血必至の、とんでもない衝撃映像である。

「い、いやあああああああああああああああっっっ!?」

悲鳴を上げた雪菜《ゆきな》が両腕で抱えるようにして大きな胸を隠す。

とはいえ事態はもう手遅れで、後輩の必死の対応も空《むな》しく、恵太《けいた》はその凄《すさ》まじい乳房の全てを余すことなく記憶してしまっていた。

「見た!? 見ましたよね!?」

「もうばっちりと。ごちそうさまです」

「そんな冷静に!?」

「生涯忘れられそうにない、凄まじい光景だったよ」

「感想とかいいですから!」

雪菜は涙目だった。

無理もない。

同世代の男子に、コンプレックスである胸を見られてしまったのだから。

「しかし、これは……」

壊れたブラを拾い上げ、恵太が険しい表情を浮かべる。

「試作品の強度が足りなかった……？　……いや、池澤《いけざわ》さんは一流のパタンナーだし、そんなミスをするはずがない……」

彼女は優秀なパタンナーだったし、強度不足はありえない。

試作品といえども、その完成度は実際の商品と変わらないのだ。

リュグで取り扱っている下着の部品は強度も抜群で、生地はもちろんのこと、ホックの金具に至るまで厳選された素材を使用している。

それでも耐えられず破損した。

だとすれば、考えられる要因は――

「雪菜ちゃん……」

「な、なんです……？」

視線を手元のブラから後輩の胸元に移す。

彼女の両腕を使っても隠し切れない、規格外に大きなバストをじっと見つめる。

「雪菜ちゃん、もしかして――」

「待って恵太先輩！　私、なんとなく先輩の言いたいことがわかった気がします！　まだこっちの心の準備ができていないというか、それ以上は乙女の威信にかかわるので言わないでほしいんですけど――」

「もしかして太った？」

「言っちゃダメって言ってるのに⁉」

残酷な宣告を受け、雪菜《ゆきな》がその場に崩れ落ちた。

半裸の女子高生が、座り込んで打ちひしがれている様はなんとなく背徳的な香りがする
が、それはともかく――

「うん、やっぱり胸にお肉がついてるね」

「お肉って言わないで」

改めて彼女の体をチェックしたところ、ほんの少しではあるがバストに肉がついていた。

逆に言えばウエストやヒップは無事だった。

彼女の場合、脂肪は全て胸にいく体質らしい。

もちろん単純に胸が成長しただけであれば問題ない。

ただ、仕事柄、数多《あまた》のバストをその目で見てきた恵太《けいた》は直感した。

これは成長ではない。

乳房に無駄な脂肪がついたことによる、ダメな膨らみ方だと。

テストやらなんやらにかまけている間に、まさかの劇的ビフォーアフターである。

「けど、どうして急に太ったんだろう？　こないだ海にいった時は大丈夫だったよね？」

「あんまり太ったって言わないでほしいんだけど……たしかに最近、夜中にアイスをつま

んだりしてたけど……」

「アイス？」

「ここのところ夜に雪うさぎ大福を食べすぎちゃって……じゃなくて！　先輩はこの状況で他に言うことないの!?」

両腕で胸を隠したまま涙目になった後輩が叫ぶ。

彼女の言う通り、上半身裸の女の子を泣かせているこの状況はいろんな意味でまずい。

「とりあえず、予備のブラを持ってるからそれを着けようか」

「予備のブラとは？　……まあ、助かりますし、ありがたく使わせてもらいますけど……」

鞄《かばん》からサンプル品のブラを取り出して渡すと、受け取った雪菜が「後ろ向いててくださいね？」と言っていそいそと装着し始めた。

彼女がブラウスを着直すまで、紳士的な恵太はもちろん後ろを向いて待機した。

とにもかくにも、これでノーブラの危機は回避完了。

「あとは、根本的な問題をどうするかだけど……」

普通の女の子であれば多少太ったところで支障はないだろう。

アイスの食べすぎで体重が増えたところで誰にも迷惑はかからないのだから。

しかしこの後輩、長谷川《はせがわ》雪菜は世間一般でいうところの『普通の女の子』ではないわけで……

「雪菜《ゆきな》ちゃん、たしか映画の役も決まってたよね？」

「はい、もう撮影も始まってます……」

「それって、かなりまずいんじゃ……」

一般人が気づくレベルではないが、実際にブラのホックが弾《はじ》け飛《と》んでいるのだ。

胸にこれ以上無駄なお肉がつくのは避けたい。

最悪、映像を見た関係者や観客が気づくかもしれないし。

「お肉がつくのがバストだけだとしても、これ以上太ったらまた胸が大きくなったってネットで騒がれるかも……」

「それは嫌すぎますね……」

絶望的な未来を想像して後輩が体を震わせる。

雪菜は子役時代、胸の大きさについてネットで言及され、それが原因で仕事を辞めた経緯がある。

再びバストのことを指摘されるのは本意ではないだろう。

それならば、彼女が取れる選択肢は実質ひとつだ。

「となると、ダイエットするしかないね」

「ですよね……撮影もあるし、これ以上太るのはさすがにまずいです……」

「幸い、バスト以外は変わってないみたいだから、生活習慣を改善したり、適度に運動するだけで痩せられると思うよ」

「う……運動ですか……」

雪菜が苦い顔をする。

インドア派を公言する彼女にとっては耳が痛いワードのはずだ。

「大丈夫。俺もできるだけサポートするから」

「いいんですか？」

「ただし、やるからには厳しくビシバシいくからね」

「え？」

「泣こうがわめこうが絶対に痩せてもらうから、覚悟するように」

「ええー……」

恵太《けいた》には絢花《あやか》という読者モデルをしている幼馴染《おさななじみ》がいる。

服を着こなすため、体重の管理が厳しく求められる仕事だ。

そのため、体型を維持する難しさはよく知っていた。

ランジェリーデザイナーとしても、モデルの子には常に万全の体型でいてほしいし。

後輩のたるんだ体をベストな状態に戻すため、恵太は心を鬼にして指導に当たると誓ったのである。

第四章　ジムから始めるダイエット生活

Lingerie girl wo okini mesu mama

その日、雪菜《ゆきな》と恵太《けいた》のふたりは朝から激しい〝運動〟をしていた。

「け、恵太先輩……っ、私……私っ、これ以上は無理です……っ！」

「雪菜ちゃんはこらえ性がないんだね」

「そ、そんなこと言われてもぉ……っ！」

「ほら、もっとちゃんと足を開かないと。これからが本番なんだから」

「でも私、こ、こういうの慣れてなくてぇ……っ！」

汗だくになりながら、悩ましい声を奏でる雪菜。

そうしている間にも薄いシャツに包まれた彼女の胸が激しく揺れるが、意外とSな一面のある恵太は中断しない。

彼女が積極的になれるように視線で促すだけ。

懇願は退けられ、なおも続けられる激しい〝運動〟に、もう耐えられないといった様子で雪菜が顔を歪《ゆが》ませる。

「さあ、体も温まってきたし、そろそろペースを上げていこうか！」

「ひーん！　恵太先輩の鬼コーチいいいいいいっ!!」

夏休み初日の早朝六時。

ジャージのハーフパンツ姿の恵太《けいた》と、半袖シャツにスカートが一体となったレギンスを合わせたスポーツ仕様の格好の雪菜《ゆきな》が何をしているかといえば、街の中を絶賛ジョギング中だった。

仲良く横に並んで息と大きな胸を弾ませながら。

先日の恵太の宣言通り、ふたりはダイエットに励んでいたのである。

それから三十分後の六時半。まだ街が本格的に目を覚ます前、道行く人の姿もない公園の片隅に恵太と雪菜の姿があった。

「うーん、これは参ったね……」

恵太が立っているのはベンチの前。

難しい顔をして腕を組み、素直な感想をぽつりと漏らす。

「ありえないくらい胸が揺れてたね……」

「だから走るのは嫌いなんです……」

怨嗟《えんさ》の言葉を口にしたのは、スポーツ用のウェアを身にまとった雪菜である。

ベンチにぐったりと座る彼女は虫の息の状態だった。

朝の五時半にこの公園に集合したあと、一緒に町内をジョギングしてきたわけだが、それほど時間が経《た》たないうちから雪菜は汗だくになってしまっていた。

その主な原因となったものに恵太が視線を向ける。

「雪菜ちゃんの場合、胸に2キロのダンベルをぶらさげてるようなものだからね。走ってる間、ずっとユサユサしてたし」

「恥ずかしい……」

雪菜が両手で顔を覆ってしまった。

後輩女子の見事なGカップのバスト。

その大きな乳房がジョギング時にどうなるかは想像に難くないだろう。

たっぷりと水を入れた水風船のように縦横無尽に揺れまくっていて、隣で並走していた恵太はいろんな意味で気が気じゃなかった。

「あの乳揺れは人様にお見せできるものじゃないね。刺激が強すぎて」

「もう乳揺れの話はいいですから！」

真っ赤になった雪菜が叫ぶ。

恥ずかしがる後輩の反応はじゅうぶん堪能《たんのう》したし、この話はもうやめておこう。

「うぅ……すごい汗かいちゃいました……」

落ち着きを取り戻した雪菜が、今度は自分の体を気にし始める。

「初日だし、今日はこれくらいにしておこうか」

「そうですね……」

「それと、明日からは胸が揺れないように専用のブラにしようか。体力以前に、あんなに揺れてたらダイエットに集中できないだろうし」

「そんな下着があるんですか？」

「うん、俺のほうで用意しておくよ」

「それは助かりますけど……」

「けど？」

「男子に下着を用意してもらうのって、なんだか微妙な気分です……」

「一緒に買いにいけたらいいけど、雪菜《ゆきな》ちゃんは忙しいでしょ？　俺のことは第二のマネージャーだと思って任せてくれたらいいよ」

「恵太《けいた》先輩……」

学生ではあるが、彼女は芸能界に復帰したばかりの女優だ。

映画の撮影やら何やらで、最近はかなり多忙らしい。

ジョギングをするのに早朝を選んだのは、涼しい時間帯がいいというのもあるが、実際は雪菜のスケジュールで空いているのがこの時間しかなかったのだ。

「雪菜ちゃんは、このあと撮影があるんだよね」

「はい。なので、帰ってシャワーを浴びないと」

「それじゃあ、続きはまた明日かな」

「お付き合いいただき、ありがとうございました」

立ち上がった雪菜が深々と頭を下げる。

こうして記念すべきダイエット一回目が終了したのだった。


その後、一旦マンションに帰宅した恵太はシャワーを浴び、のんびりと朝食を食べたあと、九時を過ぎた頃に家を出た。

朝から気合いの入った太陽の下を歩いて駅のほうへ。

約束の時間まで余裕があったので近くの本屋に立ち寄ることに。

冷房のありがたさを再確認しながら本棚の間を抜け、目当てのコーナーにたどりつくと、しばらく物色した品の中から一冊の本を手に取ってレジに向かった。

「やあ、水野《みずの》さん」

「あれ、浦島《うらしま》君？」

レジの店員は澪《みお》だった。

バイト仕様の大人しめなパンツルックの私服にお店のエプロンをかけていて、髪型もポニーテールにしており、普段よりも大人っぽい感じがする。

彼女がここで働いていることは本人から聞いていた。

「朝から頑張ってるね」

「夏休みは稼ぎ時ですからね。浦島《うらしま》君は買い物ですか？」

「ちょっと下着作りの資料を探しにきたんだ」

「浦島君は本当に下着のことばかりですね。もう慣れましたけど」

ジト目を向けてくる澪《みお》に少し笑って、持っていた本をカウンターに出すと、受け取った彼女がバーコードを読み取る。

「浦島君は雪菜《ゆきな》とジョギングしてたんですよね？」

「うん、たまには運動も悪くないね」

「後輩のダイエットに付き合ってあげるなんて、面倒見がいいんですね」

「モデルの体重管理も仕事のうちだしね」

「わたしは浦島君には任せませんけど」

そもそも、野菜中心の彼女の食生活では太る要素はない気がする。

「水野《みずの》さん、バイトは何時まで？」

「今日はお昼までですね」

「そのあとでいいんだけど、よかったらブラを買うのに付き合ってもらえないかな？」

「ブラジャーを買いにいくから、水野さんに付き合ってほしいんだ」

「はい？　……今、なんて？」

「とんでもない変態発言が飛び出しましたね」

こちらを見る澪の目が急激に冷たくなる。

いきなり男子にブラを買いにいこうと言われたら誰だってそうなるだろう。

「というか、ブラを買ってどうするんです？　浦島君が使うんですか？」

「なんでそうなるの？　雪菜ちゃんのために、乳揺れを防止できるスポーツブラを買いにいくんだよ」

「ああ……」

ようやく澪が納得し、冷たい視線が通常モードに戻る。

「それならそうと言ってください。おかげで酷《ひど》い光景を想像してしまいました」

「どんな想像をしたのかはあえて聞かないでおくよ」

「でも、すみません。今日は先約がありまして……」

「先約？」

「真凛《まりん》たちとプールにいくんです。瑠衣《るい》も一緒ですよ」

「それはいいね」

瑠衣が転校してきてからしばらく経《た》ったが、二年生どうし仲良くやれているようだ。

せっかくの予定に水を差すわけにはいかない。

「仕方ない。ブラはひとりで買いにいくよ」

「雪菜《ゆきな》のためですから、頑張ってくださいね」

本の代金を払い、お釣りの小銭を受け取ったところで澪《みお》が訊《き》いてくる。

「この本、カバーはかけますか？」

「ああ、もう時間がないからそのままでいいよ」

「？　ブラを買う以外に、なにか予定でも？」

「まあね」

頷《うなず》いて、紙袋に入れられた本を手に恵太《けいた》が答える。

「これから、美女との待ち合わせがあるんだよ」


本屋を出た恵太が向かったのは、以前、瑠衣《るい》の父親と話をした喫茶店だった。

入り口のドアを開け、落ち着いた雰囲気の店内に入ると、こちらに向かって手を振る若い女性がひとりいて、

「恵太クン！　こっちこっち！」

「どうも、柊奈子《ひなこ》さん」

目を引くクールな雰囲気のショートカット。

雰囲気のある切れ長の目に、Ｆカップというなかなかのバストを誇り、遠目でもわかる華やかな存在感を放つ美女の名前は瀬戸《せと》柊奈子。

曲者《くせもの》ぞろいで有名な瀬戸家の三姉妹の、その長女である。

白のパンツに薄手のカーディガンを合わせた柊奈子が座っていたのは窓際の四人掛けのテーブル席で、挨拶をしつつ向かいの席に座ると、彼女がメニューを渡してくる。

「はい、好きなの頼んでいいよ」

「ありがとうございます」

「いちばん高いパフェとか頼んじゃいなよ。どうせ会社の経費だからさ」

「いちばん高いの、超特盛宇宙パフェって書いてますけど……」

どんなパフェなのかとても気になるネーミングだ。

ただ、名前のスケールが大きすぎて食べきれる気がしないため、結局、やってきたウェイトレスさんにアイスコーヒーを注文した。

「こないだのコンテストはありがとね。応募者が少なかったから助かったよ」

「俺も楽しかったので」

瑠衣と勝負した時のデザインコンテストだ。

グランプリは逃したものの、新しい下着に挑戦できて充実した時間だった。

（久しぶりに会ったけど、相変わらず雰囲気あるなぁ……）

ひと言で表すなら格好のいい大人の女性だ。

街を歩けば誰もが振り返るレベルの美人だし、雑誌の編集記者でもある彼女は仕事もできるらしい。

（でも、家だと傍若無人な女王様なんだよね……）

ノドが渇けば秋彦《あきひこ》が寝ていようと叩《たた》き起こしてお茶を淹《い》れさせたり。

コンビニのプリンが食べたくなればそれが深夜であろうと秋彦に買いにいかせたり。

実際、瀬戸《せと》家にお邪魔した時など、彼女が弟のことを召し使い扱いしてるのを目の当たりにしているため、なんとなく身構えてしまう。

「さっそくなんだけど、ひとつ質問してもいいかな？」

「あ、はい。どうぞ」

「単刀直入に訊《き》くんだけど――秋彦って、彼女ができたの？」

「……はい？」

秋彦に彼女？

「すみません、ちょっと話が見えないんですけど……」

「なんかさ、ここのところ秋彦の奴《やつ》、頻繁に学校の女子と連絡を取り合ってるみたいなんだよね」

「ああ、吉田《よしだ》さんか」

「吉田さん？」

「クラスの友達です。趣味が近いから気が合うみたいですよ」

「あの秋彦に女の子の友達……」

急に思案顔になる柊奈子《ひなこ》。

それから、おそるおそる尋ねてくる。

「その子って実在するんだよね？　秋彦がつくりあげた空想上の存在とかじゃないよね？」

「いや、エア友達とかじゃないですから」

弟を痛い子扱いしないであげてほしい。

「ってことは、ほんとに女の子の友達ができたのか。秋彦のくせに生意気な……」

「生意気って……」

「アイツ、私の弟なだけあって顔はいいからね。姉としては変な女につかまらないか心配なんだよ」

「本音は？」

「私が今フリーなのに、弟が幸せになるのはなんか許せない」

「理不尽がすぎる」

彼氏くらい、つくろうと思えばすぐにでもつくれるだろうに。

弟の幸せの邪魔をするのはやめてあげてほしい。

「ま、その女友達についてはあとで秋彦《あきひこ》に問い詰めるとして――そろそろ取材のほうを始めよっか」

世間話を切り上げて、柊奈子《ひなこ》が仕事モードに入る。

以前、ランジェリーショップ『アリア』にお邪魔した際、瀬戸《せと》家の次女の椿《つばき》が「柊奈子ちゃんがリュグの取材をしたいって言ってたよ」と教えてくれた。

今回、柊奈子と恵太《けいた》のスケジュールが合い、ようやくそれが叶《かな》ったわけだ。

柊奈子がテーブルの中央に小型のボイスレコーダーを置き、手帳とペンを取り出して、一対一の取材が始まった。

「高校生でデザイナーって大変だと思うけど、気をつけていることはありますか？」

「そうですね。俺は、リュグのランジェリーを手に取った人が笑顔になってほしいと思いながら下着を作っています。男女問わず、下着は最も多い時間を共に過ごす相棒ですから、とびきり可愛《かわい》い下着を提供したいんです」

「なるほど、それは素晴らしい考えですね」

そんな質問から始まって、その後の取材も順調に進んでいった。

取材の内容は主にリュグのデザインの方向性や、新商品に関することが中心で。

取材を通して自分の下着作りに向かう姿勢や考えをまとめることができたので、恵太にとっても有意義な時間だった。

「そういえば、下着作りに協力してくれてるモデルの女の子たちがいるんだよね？　なんでも、その子たちに自分がデザインした下着を着けさせて、定期的に試着会を開催しているとか」

「よくご存じですね」

「恵太クンは日頃から同年代の女の子の下着姿を見てるわけだけど、ムラムラしたりしないの？」

「ちょっと待ってもらっていいですか」

話が盛大にわき道に逸《そ》れたため、いったんストップをかける。

「その質問はおかしくないですか？」

「あ、これは記事にしないから安心していいよ」

「記事にしない時点で取材と関係ないじゃないですか」

「そんなの当たり前でしょ。単に私が知りたいだけで、興味本位百パーセントの私的な質問なんだから」

「えー……」

悪びれもせず柊奈子が白状する。

本当に傍若無人が服を着て歩いているような人だ。

「それで？　恵太《けいた》クンはモデルの子にムラムラしたりしないの？」

「大切なモデルにそんな感情を抱くわけないでしょう」

「えー？　ほんとに～？」

「本当です」

「恵太クン……ほんとに男の子？　ついてる？」

「ついてますよ。失礼な」

無論、まったく何も思わないかといえば嘘《うそ》になる。

女の子の下着姿を見て、まったく興奮しなければ男として終わっているわけで。

そういう部分は仕事として割り切っているだけだ。

「そういえば、風の噂《うわさ》で聞いたんだけど、最近役者に復帰した長谷川雪菜《はせがわゆきな》もリュグでモデルをしてるんだってね」

「よく知ってますね」

「それで、これも風の噂で聞いたんだけど――最近決まった映画の撮影、あんまりうまくいってないみたいなんだよね」

「え……？」

「監督がけっこうこだわるタイプの人みたいで、撮影中、雪菜の演技に不満を漏らしてるって話があってさ」

「そうなんだ……」

それは初めて聞く話だった。

当然だが、毎日の天気はいつも晴れなわけじゃない。

曇りの日もあれば雨の日もあるだろう。

知人の編集記者がもたらした情報は恵太にとっては寝耳に水で、今の心地よい時間を壊すような、冷たい雨の予感を想《おも》わせるものだった。

◇

翌日の早朝、まだ人気《ひとけ》のない街の中、昨日と同じスポーツ仕様の恵太と雪菜はジョギングに精を出していた。

「すごい……本当に揺れません……」

「うん、雪菜ちゃんの体に合ってるみたいだね」

恵太が用意したのは専用のスポーツブラで、さっそくそれを着けてもらってジョギングしているわけだが、雪菜の反応は上々だった。

「スポーツ用だから通気性は抜群だし、乳揺れ防止に特化した巨乳の子向けのブラだね」

「これ、どうやって揺れないようになってるんだろ」

「アンダーベルトが幅広になってるんだよ。布面積を増やすことで安定してバストを支えることができるみたいだね」

「へー」

たとえば細い紐《ひも》と太いロープがあったとする。

そのふたつを使い、重い木材を縛ったとして、安定して木材を運べるのはどちらなのかは考えるまでもないだろう。

「布面積が多いぶん見た目は野暮《やぼ》ったいけど、スポーツブラは見せるためのブラじゃないから、自分が求める機能を重視して選ぶべきだね」

「それはそうですね」

「運動の時に胸が揺れると、クーパー靭帯《じんたい》ってところが伸びてバストの形が崩れたり、垂れてしまう恐れもあるからね。ちゃんと専用のものを使うのが鉄則なんだ」

「私、体育の時とかずっと普通のブラだったんですけど……」

恵太《けいた》の横を走りながら雪菜《ゆきな》が不安そうに言う。

「運動部じゃないなら普通だと思うけど、雪菜ちゃんは特に大きいから、体育の時もスポーツブラのほうがいいかもしれないね。言うまでもないことだけど、バストが大きいと胸の揺れ方もダイナミックになるから」

「それは知ってます。めちゃくちゃ揺れるせいで男子が見てくるので」

「みんな悪気はないんだよ」

「ないんですか？」

「男子はね、そこに胸があったら問答無用で目がいっちゃう生き物なんだ」

「難儀な生き物ですね」

そんな話をしながらしばらく街中を走ったあと、ふたりは昨日と同じ公園の敷地内で足を止めた。

人の目につきにくい木陰に置いていたふたつのバッグから、それぞれ自分のタオルと、準備していたスポーツドリンクを取り出して、汗をぬぐいながら水分を補給する。

「でも、恵太先輩の用意してくれたブラのおかげで本当にラクになりました。ありがとうございます」

「どういたしまして」

「ところで、このブラってどこで売ってるんですか？」

「普通にスポーツ用品店で売ってるよ。前に佐藤《さとう》さんの相談を受けた時、スポーツ関係の下着のことも調べたんだ」

「へー」

「雪菜ちゃんのサイズは完璧に把握してるから、フィット感もバッチリなはずだよ」

「たしかにジャストフィットしてますけど……って、あれ？　ということは先輩、このブラを持ってレジに並んだんですか？」

「ん？　まあ、そうだね」

「女の子の下着を、何食わぬ顔で買ったと？」

「そうなるね」

その回答に雪菜《ゆきな》が「うわぁ……」と嫌そうな顔をする。

「恵太《けいた》先輩には羞恥心がないんですか？」

「あはは。女性用の下着を買うくらい、俺にとってはなんてことないよ」

「そんな爽やかな笑顔で……」

浦島《うらしま》恵太の職業はランジェリーデザイナー。

女子の下着など、それこそ男物の下着よりも見慣れているのだ。

「一応、水野《みずの》さんに付き添いを頼んでみたんだけど、先約があったみたいで。最初は乙葉《おとは》ちゃんに会計を頼もうかとも思ったんだけどね」

「そのほうがよかったんじゃないですか？」

「そうなんだけど、明らかにサイズの合ってないブラだし、店員さんに〝サイズお間違えじゃないですか？〟って訊《き》かれてる乙葉ちゃんの姿を想像すると頼めなくて」

「なんて惨《むご》い想像を……」

雪菜が顔を曇らせる。

ちっぱい代表の乙葉にその仕打ちはあまりに酷《ひど》い。

「あ、そうだ。この下着、いくらでした？」

「ああ、お代はいいよ。雪菜ちゃんにはいつもお世話になってるからね」

「お世話って……」

「本当に、いつもお世話になっております」

「む、胸を見ながら言わないでください……っ！」

恥ずかしそうに雪菜が腕で胸を隠してしまう。

今さらだが、スポーツウェアに包まれた巨乳というのもなかなか乙なものだ。

「参考までに、そのブラを着けたところを見せてくれたら嬉《うれ》しいんだけど」

「……まあ、機会があれば考えておきます」

「ほんとに？　やった♪」

「嬉《うれ》しそう……」

ガッツポーズをする上級生を見て、雪菜が呆《あき》れたように呟《つぶや》く。

「でも実際、ずっとジョギングを続けるのは大変ですね……体重を戻すのに何日かかるこ
とか……」

「まあ、楽なダイエットなんてないからね。そこは頑張らないと」

「わかってますけど……」

運動嫌いの人間が朝のジョギングを続けるのは苦行である。

インドア派の恵太《けいた》には、彼女の気持ちが痛いほどよくわかる。

「じゃあ、体型が戻ったら俺がなにかご褒美をあげるよ」

「恵太先輩が？」

「うん」

「それって、なんでもいいんですか？」

「そうだね、俺にできる範囲でなら」

「それなら頑張れそうです」

後輩に笑顔が戻る。

女の子は、ご褒美があれば大抵のことは頑張れると姫咲《ひさき》が言っていた。

今どきの女子中学生である浦島《うらしま》姫咲は、恵太の知り合いの中で最も女の子の心理に精通した人物と言える。

ご褒美でやる気も出たようだし、雪菜《ゆきな》にはこの調子でダイエットに励んでもらおう。

「じゃあ、今日はこれで解散かな」

「そうですね……」

「？　雪菜ちゃん？」

後輩の顔が微《かす》かに曇る。

落ち込んでいるような、どこか弱々しい表情を見て、恵太は柊奈子《ひなこ》が言っていたことを思い出した。

(やっぱり、仕事のことで悩んでるのかな……)

彼女の仕事がうまくいっていないという噂《うわさ》。

その話が頭をよぎったが、本人に尋ねていいのか迷う。

雪菜のことは心配だ。

ただ、彼女が自分から言わない以上、ふれないほうがいいのではないかとブレーキをかける自分もいて——

恵太が何も言えずにいると、目の前の雪菜がおずおずと口を開く。

「……あの、恵太先輩?」

「ん?」

「恵太先輩は、どうしてそんなに優しくしてくれるんですか?」

「え?」

「だって、貴重な夏休みに後輩のダイエットに付き合うなんて、先輩にはなんのメリットもないじゃないですか。それで、どうしてか気になったといいますか……」

「あ、あー……なるほどね……」

思いきり早とちりしてしまった。

仕事に悩んでいて元気がないのかと思ったら、どうやら雪菜《ゆきな》は恵太《けいた》が彼女の世話を焼く理由が気になっていたらしい。

「もしかして恵太先輩って、私のこと好きなんですか？」

「なんでそうなるの？」

「だって男の人って、気になる異性には特別優しくするって聞きますし。私はけっこう可愛《かわい》いほうなので、そういうこともあるのかなって」

「雪菜ちゃんって、よくわかんないところでポジティブだよね……。そういえば、雪菜ちゃんはモテるんだっけ」

「ええ、自慢じゃないけど私は非常にモテますよ。モテモテです」

自分でも言ってる通り彼女は非常にモテる女子だ。

容姿に恵まれているし、なんといっても胸がある。

進学当初は毎日のように男子に告白され、大勢の同級生女子の恨みを買い、友達もできずに体育倉庫で寂しくぼっち飯をしてたくらいにはモテモテなのだ。

「だから、その……恵太先輩もそんな私にクラっときちゃったのかなって……」

「まあ、たしかに雪菜ちゃんは魅力的だと思うけど」

「やっぱり！」

「でも、残念ながらそういうのとは違うかな」

「あれっ⁉」

「雪菜ちゃんは大切なモデルだからね。試作品を試着してもらうためにも、ベストな体型を維持してもらわないと」

「まあ、そういうことだろうとは思ったけど……普通すぎてつまんないです」

後輩女子が「ぶーぶー」と不満の声を上げる。

どうやら恵太のことをからかっていただけのようだ。

「でも、雪菜ちゃんのことが心配なのは本当だよ」

「え……」

「なにか困ったことがあったら、俺に相談してほしいな」

「恵太先輩……」

雪菜の瞳が驚いたように揺れる。

撮影の件は人づてに聞いただけの噂話《うわさばなし》だったが、この反応を見るに、あながち間違いというわけでもなさそうだ。

「別に私、困ってませんけど」

「そっか」

「……でも、もしもなにか困った時はお願いするかもしれません」

「うん、わかった」

今はそれで充分だ。

もしもなにかに躓《つまず》いて、自分ではどうしようもなくなった時、支えてくれる誰かがいることを知ってもらえるだけでいい。

当面は当初の予定通り、ダイエットのサポートに専念することにしよう。

「ところで恵太《けいた》先輩？」

「ん？」

「これから毎日、外でジョギングするんですか？」

「そのつもりだったけど、なにか問題あった？」

「いえ、ダイエット自体に不満はないんですけど、これからもっと暑くなったら外で運動するのは厳しいかと思いまして。最近は熱帯夜が続いてますし、朝でもそんなに気温が低くならないので」

「言われてみれば……」

もう八月に入るし、夏の暑さはこれからが本番と言える。

気温もどんどん上がっていくはずだ。

「たしかに熱中症はこわいし……どこかに運動ができて、涼しい場所があればいいんだけど……」

「あ、それならいいところがありますよ」

「え、どこ？」

「明日の午前中ならスケジュールが空いてるので、一緒にいきましょうか」

そういうことになった。


その翌日、恵太が雪菜《ゆきな》に連れられ訪れたのは駅近にあるスポーツジムだった。

「これは快適だね」

「最初からここに通えばよかったですね」

スポーツウェアに着替えたふたりがいるトレーニングルームはもちろん、ジムの館内は冷房が効いており、暑さを気にせずのびのびとダイエットに励むことができる。

機材も揃《そろ》っているし、インストラクターに頼めば適切なアドバイスをくれるという。

「雪菜ちゃん、よくこんなジムがあるの知ってたね」

「柳《やなぎ》さんがジムマニアで、雪菜もどうかって教えてくれたんです」

「ジムマニア……」

聞くと、仕事終わりにジムに通うのが柳氏の趣味だそうだ。

彼女のモデルのようなスタイルは適度な運動によって維持されているのかもしれない。

「それじゃあ、さっそくダイエットを始めましょうか」

「そうだね」

ふたりが向かったのは本格的なランニングマシンが置かれたスペース。

ジムの人に軽く使い方を教えてもらい、肩慣らしにゆっくりめの速度に設定して雪菜《ゆきな》がジョギングを開始した。

「おお、これはなかなかいいかもです」

「雪菜ちゃん、楽しそうだね」

せっせと汗をかく後輩を眺めながら恵太《けいた》は思った。

「これ、俺のサポート要らないような……」

本当に、どうして初めからジムを利用しなかったのか謎だ。

ダイエットに効率を求めるなら、これ以上の環境はなかなかない。

「恵太先輩も一緒に走りましょうよ。ずっと家にいたら体がなまっちゃうんだから」

「そうだね」

適度な運動は大切だ。

デスクワーカーは運動不足になりがちな職種だし、たまには汗を流すのも悪くない。

後輩に誘われ、恵太も隣のマシンに向かい、一緒にジョギングに励んでみた。

これが思ったよりも楽しくて、筋トレに目覚めた恵太はジムに入会し、しばらくの間、雪菜と一緒に通うことにしたのだった。

◆

ジムに通い始めてから一週間後の八月某日の夜、ダイエット戦士こと長谷川《はせがわ》雪菜は自宅マンションの脱衣室にいた。

入浴直後で、体にバスタオルを巻いた雪菜が立っているのは体重計の前。

いつになく真剣な表情をしているのは、連日にわたるダイエットの成果を、今まさに確認しようとしているからだ。

「……骨は拾ってあげるからね」

謎の台詞《せりふ》を放ったあと、意を決して「えいやっ」と素足を体重計に乗せる。

そうして表示された結果に雪菜は目を見張った。

「!?　——やった!!」

体重計が示した数値に思わず拳をぐっと握る。

最近、わずかに胸が軽くなっていたので大丈夫だと思ってはいたが、体重は以前の適正な値に戻っていた。

「さらば余分な脂肪！　おかえりなさい、スレンダーな私！」

いつになくハイテンションになってしまうのも仕方あるまい。

ただでさえ大きい胸がコンプレックスなのに、過剰なぜい肉がプラスされたせいで大変なことになっていたのだ。

大好きな雪うさぎ大福の摂取も控え、嫌いな運動をこなして掴《つか》んだ栄光。

喜びもひとしおだ。

だけど、痩せられたのは自分ひとりの力じゃない。

「……これも、恵太《けいた》先輩のおかげだね」

ジョギングに付き合ってくれたり、胸の揺れない下着を用意してくれたり、ジムにも付き添っていろいろとサポートしてくれた上級生。

彼の助けがなければ、これほど早く体重を戻すことはできなかったと思う。

「恵太先輩……今、なにしてるんだろ……」

きっと、いつも通り可愛《かわい》い下着のデザインをしてるんだろうけど。

妙に気になってしまうのはなぜだろう？

「──さっ、早く服を着ないと」

熱くなった頰《ほお》を誤魔化《ごまか》すようにバスタオルを外し、薄紫のショーツと、恵太経由で瑠衣《るい》に直してもらったフロントホックブラを手に取る。

パンツを装着したあと、いそいそと身に着けたブラジャーはしぼった体にジャストフィットで──

「やっぱり先輩のくれたブラ、可愛いな……」

こうして辛《つら》かったダイエット生活に、ようやく終止符が打たれたのである。

◇

雪菜《ゆきな》のダイエットが成功した日から更に数日が経過した夏休みのその日、恵太が待ち合わせ場所に向かうと、そこにはスマホを手にした後輩女子が待っていた。

人で賑《にぎ》わう朝の駅前広場。

夏らしいブラウスにスカートを合わせ、可愛い帽子と変装用の眼鏡をかけた雪菜がこちらに気づき、花が咲いたような笑顔を見せる。

「恵太先輩、おはようございます」

「おはよう。お待たせしちゃったかな？」

「私もさっききたところです」

「ならよかった」

定番の挨拶を交わし、カップルのような雰囲気に少し照れていると、おめかしをした後輩が上目遣いに見つめてくる。

「恵太先輩？　今日の私はどうですか？」

「そうだね、服も似合ってるし、眼鏡が新鮮でいいと思うよ」

「可愛《かわい》いですか？」

「可愛い可愛い」

「ふふん♪　これなら誰も私が女優の長谷川雪菜《はせがわゆきな》だって気づかないですよね」

ちなみに、今日は恵太《けいた》のほうも普段とはまるで違う出《い》で立《た》ちだった。

一番の違いはなんといっても眼鏡をしていないことだろう。

トレードマークにして相棒でもある眼鏡の代わりにコンタクトを使用し、トップスとパンツも大人っぽい洋服でまとめてある。

あまりに普段と印象が違うので、鏡の前で確認した時は別人かと思ったほどだ。

「恵太先輩もいい感じですね」

「雪菜ちゃんはともかく、俺まで変装する必要はなかったんじゃない？」

「それだと面白くないじゃないですか」

「面白く？」

「人生を楽しむには、日々の刺激が大切なんです」

「ああ、たしかにそうかもね。毎日同じようなデザインのランジェリーばかりだと飽きてくるし、たまには雰囲気の違う下着を使いたくなるのと一緒なのかも」

「いや、下着にたとえられても困るんですけど……っていうか……」

少しだけ移動して、目の前に立った雪菜が至近距離からじっと見上げてくる。

「恵太先輩って、眼鏡をしないほうがいいような……？」

「そう？」

「普段からコンタクトにはしないんですか？」

「コンタクトは苦手だからあんまりしないんだよ」

「ふーん？　便利でいいと思いますけどね」

「目に入れる時、こわいんだよね」

「なんですか、そのかわいい理由は」

そう言う後輩は楽しそうに笑っていて。

飾らない笑顔が本当に可愛いと思った。

「ダイエット成功のご褒美だけど、本当にデートでよかったの？」

「はい、前の放課後デートが思いのほか楽しかったので」

「そっか」

そう言ってもらえると嬉《うれ》しい。

「じゃあ、そろそろ移動しようか」

「そうですね」

こうして始まった変装お忍びデート。

ふたり並んで歩いていると、なんだか本当にカップルのように見える。

「ちなみに、今日はどういうデートをご所望で？」

「遠出とかしちゃうと疲れちゃいますし、ウインドウショッピングしたり、カフェでお茶したりしたいです」

「雪菜《ゆきな》ちゃんらしいラインナップだね。――それじゃあ、まずはウインドウショッピングからってことで」

今日はダイエットを頑張った彼女のための催しだ。

俗世《ぞくせ》の嫌なことは忘れて、存分に羽を伸ばしてもらおう。

街に繰り出したふたりが立ち寄ったのは、学生に人気のショッピングモールだった。

オシャレな洋服が並ぶお店の店内で、はしゃいだ様子の雪菜が商品の帽子をかぶってみせる。

「恵太《けいた》先輩、これはどうですか？」

「うん、可愛《かわい》いと思うよ」

感想を伝えると、今度は服のコーナーに移動して、

「こっちの服はどうです？」

「可愛い可愛い」

「先輩、さっきから可愛いしか言ってないじゃないですか」

「実際、すごく可愛いから他にコメントが思いつかなくて」

「わかりました。それじゃあ次にデートするまでに、恵太先輩は女の子の褒め方を勉強しておいてくださいね」

「え？　次があるの？」

「そ、そりゃ……人生なにが起こるかわからないですし？　一緒にいたら、そういう未来もあるんじゃないですか？」

「それもそっか」

人気子役だった雪菜が、恵太のブランドで下着のモデルをしているくらいだ。

彼女の言う通り、人生なにが起こるかわからない。

その説明に納得して、引き続き彼女の買い物に付き合うことにする。

「最近、外に出ることが増えたので服を新調したいんですよね」

「女の子は服の種類が多くて選ぶの大変そうだよね」

「そうだ、恵太先輩が選んでくださいよ」

「俺が？」

「ぜひぜひ。先輩のセンスが試されてますよ」

「ランジェリーならベストなものを選べるけど、洋服のコーデは自信がないなぁ」

「むしろ、ランジェリーのチョイスには自信があるんですね……」

そんな流れで後輩の服を選ぶことに。

しばし並んだ服とにらめっこした末、夏らしい爽やかさをイメージして白のスウェットTシャツと、黒のマーメイドロングスカートを試着してもらった。

ゆったりとしたデザインのスカートが予想以上に可愛《かわい》らしく、大きめのネックレスも合わせてもらったりして、かなりいい感じだ。

「うん、すごく似合ってるね」

「なるほど。恵太《けいた》先輩はこういうのが好きなんですね」

「まあ、嫌いではないかな」

「では、今後の参考にさせていただきます」

「なんの参考？」

「さて、なんでしょうね？　──次は恵太先輩の服も見てみましょう」

質問の答えをはぐらかし、元の服に着替えると、彼女がこちらの手を取り次の店まで引っ張っていく。

その後は後輩の考えた最強のコーデを試着して、あまりの似合わなさに笑われたり、変わった商品が置かれた雑貨屋を覗《のぞ》いたり、ペットショップの猫を愛《め》でたりした。

そんな感じでウインドウショッピングを楽しみ、ショッピングモールを出たあと――

軽い足取りの後輩と共に次の目的地へ移動している時だった。

「お……」

恵太が足を止めたのは、大きな街頭モニターの前。

その画面に雪菜《ゆきな》が出演しているＣＭの映像が流れたのだ。

よくある清涼飲料水のもので、ショートパンツ姿の雪菜の、太陽のような笑顔がアップで映し出されている。

「これって、今テレビで流れてるやつだね」

「運よくお仕事をいただいたので」

なんでもないように言うが、ＣＭに出演するなんてすごいことだと思う。

恵太がそんなことを考えていると、近くから「長谷川《はせがわ》雪菜、可愛いよなぁ」「胸も大きいしな」「俺、子役の時から好きだったぜ」などと雪菜に関する話題が聞こえてくる。

(俺、すごい子とデートしてるんだな……)

偽彼氏の時を含めると二度目のデート。

有名人の女の子と逢引《あいびき》をしていると思うと不思議な気分になる。

「は、恥ずかしいからあんまり見ないでくださいっ」

「恥ずかしがることないのに」

「いいから！　ほら、早くいきましょうっ」

後ろにまわった後輩が、両手で背中を押してくる。

彼女に促される形で恵太《けいた》は歩き出した。

モニターから離れると、雪菜《ゆきな》が再び隣に並んでくる。

「あっ、恵太先輩！　クレープの移動販売やってますよ！」

「お、ほんとだ」

彼女が示した先、ちょっとした広場の前にカラフルなボックスカーが停《と》まっており、クレープの絵が描かれた看板を出していた。

なかなか盛況なようで、女の子たちを中心にちょっとした順番待ちの列ができている。

「いいなぁ、クレープ……」

横に立った雪菜がチラチラとこちらを見てくる。

どう見ても食べたいアピールだ。

「そうだね。たくさん歩いたし、今日くらいはいいんじゃないかな」

「やった♪」

こうも喜ばれては屈するしかない。

せっかくのデートだし、万が一、これが原因でリバウンドすることがあったら心を鬼にしてダイエットを再開させていただこう。

「さっそく並びましょう」

「了解」

後輩と一緒に最後尾に並ぶ。

前にいるのは四組くらいなので、このぶんだと十分ほどで順番がくるはずだ。

「――あれ？　浦島《うらしま》と雪菜じゃん」

「浜崎《はまさき》さん？」

列に並んですぐ、後ろから声をかけてきたのは瑠衣《るい》だった。

褐色の肌を持つ彼女は、スレンダーなスタイルに合うパンツルックで、その手に買い物と思《おぼ》しき袋を提げている。

「奇遇だね。ふたりでお出掛け？」

「まあね」

恵太が肯定して、

「恵太先輩とデートしてるんです」

雪菜がそう付け加える。

「デート？　……え？　ふたりってそういう感じだったの？」

「いろいろあって、今日はふたりで遊んでるんだよ」

「ふーん？　仲いいんだね」

「私と恵太《けいた》先輩は一時期付き合ってましたからね」

「ああ、男除《おとこよ》けのために恋人のフリをしてたんだっけ」

親衛隊の人たちにえらい目に遭わされたりと、恵太としては苦い思い出だが、それで雪《ゆき》菜《な》がモデルになってくれたので結果オーライである。

「浜崎《はまさき》さんはどうしてここに？」

「あたしは例のコスプレ下着に使う生地の調達。通販でもいいんだけど、やっぱり自分の目で見て買いたいからさ」

「ああ、吉田《よしだ》さんの。言ってくれたら荷物持ちくらいしたのに」

「なら、次の機会があったら頼もっかな」

「任せてよ」

「ん、その時はよろしく。――それじゃ、あんまり邪魔するのも悪いしあたしはいくね」

「邪魔？」

謎の言葉を残して瑠衣《るい》が立ち去る。

その直後、シャツの裾を引っ張られてそちらを見ると、むすっとした顔の雪菜が不満を訴えるように服をつまんでいた。

「……恵太先輩って、浜崎先輩と仲いいですよね」

「まあ、仕事仲間だからね」

パンツ派の恵太とブラ派の瑠衣で戦争になったりもするが、基本的には気が合うし、仲良しといっていいだろう。

「ここのクレープ、先輩がおごってくださいね」

「それはいいけど……雪菜ちゃんはどうして怒ってるの？」

「そんなこともわからないんですか？」

シャツの裾をつまんだまま、プイッと顔を横に向けた雪菜がポツリとこぼす。

「……私とのデート中に、他の子と仲良くしたからですよ」

◆

瑠衣の件で少し怒ったものの、その後も雪菜は恵太とのデートを満喫した。

約束通りクレープはおごってもらったし、甘味《かんみ》を堪能《たんのう》したあとは彼とゲームセンターで遊んだり、カフェでまったりお茶したりして久しぶりのデートを楽しんだ。

「暗くなってきたね」

「そうですね」

楽しい時間はあっという間に過ぎるものだ。

最寄りの駅を出ると外は夕陽《ゆうひ》が沈みきる直前で、既に夜の帳《とばり》が下り始めていた。

最近はダイエットで一緒にいる時間が多く、共通の話題が増えたこともあってか、休憩がてら入ったカフェでずいぶんと話し込んでしまったのだ。

(恵太《けいた》先輩って、すごく話しやすいんだよね)

仮の恋人契約を結んでいた時も思ったのだが、ふたりの相性は悪くない気がする。

他の男子には反射的に無意味な愛嬌《あいきょう》を振りまいてしまうのに、彼とは自然体のまま接することができるのだ。

それだけ心を許しているわけだが、素直に認めるのはやっぱり悔しい。

「じゃあ、名残惜しいですけどそろそろ解散ですかね」

「ああ、えっと……」

雪菜《ゆきな》からデートの終了を切り出すと、恵太が言いづらそうに言葉を濁す。

「あのさ、雪菜ちゃん」

「はい?」

「実は今、乙葉《おとは》ちゃんたち出掛けてて家に誰もいないんだけど」

「? そうなんですね」

「よかったら、これから俺の部屋にこない?」

「……え?」

「遅くならないうちに責任を持って家まで送るから、もう少しだけ一緒にいてほしいんだ」

「い、一緒にって……」

聞き間違いかと思ったが、恵太の表情は真剣そのものだった。

家に誰もいなくて、もう少し一緒にいてほしいなんて、なんとも彼らしからぬ情熱的なお誘いで——

（ど、どうすればいいの……？）

これにはさすがの雪菜も動揺を隠せないのであった。


「どうぞ、上がって」

「お、お邪魔します……」

最寄りの駅から歩いて十分ほど。これまでも何度かお邪魔したことがある浦島《うらしま》家に、やや緊張した面持ちで雪菜は足を踏み入れた。

玄関で靴を脱ぐと、すぐさま彼の部屋に通される。

（言われるままのこのこついてきちゃったけど、大丈夫だよね……？）

恵太のことだ。このお誘いには裏があるに違いない。

（きっと思わせぶりなことを言っておいて、新作のサンプルができたから試着してほしいとか、そんなところだろうし……いや、それもじゅうぶんヘビーな要求なんだけど……）

　感覚が麻痺《まひ》している。

　この歳《とし》で、こうも異性に下着姿を見せることに慣れきっているとか、今後の自分の将来が不安になる。

「じゃあ、ベッドに横になってくれる？」

「いきなりベッド!?」

「そりゃ、ベッドじゃないとできないからね」

「なにが!?　いったい私になにをする気なんですか!?」

「なにって……マッサージだけど」

「……はい？　マッサージ？」

　予想外のワードが出てきて目を丸くする。

　それから、警戒するような目を彼に向けた。

「え、エッチなマッサージですか……？」

「なんでそうなるの？　普通のマッサージだよ」

「ああ、そうなんですね……」

　冷静になった。

　感情の振れ幅がすごすぎて状況に心が追いつかない。

勝手に勘違いして盛り上がっていた自分が馬鹿みたいだ。

「でも、どうしてマッサージ？」

「巨乳の子って、寝る時に横向きになる子が多いんだよね。うつ伏せだと胸が邪魔で寝にくいし、かといって仰向《あおむ》けだと胸の重さで苦しいから」

「すごくわかる」

わかりすぎて深く頷《うなず》く。

胸が大きい女の子は、世間が思っているよりもずっと大変なのだ。

「最近、雪菜《ゆきな》ちゃんはダイエットを頑張ってたからね。慣れない運動で体に負担もかかっただろうし、疲れを癒やしてもらおうと思ったんだ」

「それで家に呼んだんですね」

ほっとしたような……

ちょっぴり残念なような……

「けど、恵太《けいた》先輩、マッサージなんてできるんですか？」

「けっこう得意なんだよ。乙葉《おとは》ちゃんや姫咲《ひさき》ちゃんにもよくしてほしいって言われるし」

「ふーん？」

彼のマッサージの腕は確かなようだ。

胸が大きいが故、雪菜が年中肩こりに悩まされているのは事実。

女子を部屋に連れ込んでおいて、ただのマッサージというのはいささか拍子抜けではあるが、雪菜《ゆきな》を気遣ってのことだと思うと無下にするのも悪い気がする。

「そういうことなら、せっかくだしお願いしようかな」

「お任せあれ」

鞄《かばん》を床に置き、手ぶらになった雪菜はベッドに横になる。

胸が大きいが故、普段はあまりしない仰向《あおむ》けの状態で。

マットレスに体を預けると、柔軟剤の香りに混じって微《かす》かに彼と同じ匂いがした。

「それじゃあ、さっそく始めるね」

「お願いします」

ベッドの上に乗った恵太《けいた》が両手で肩にふれてくる。

異性の大きな手の感触に緊張したのは最初だけで、始まった彼のマッサージによってすぐに心地よい感覚が伝わってきた。

「あ……これ、気持ちいい……」

彼のいとこたちが虜《とりこ》になるのも頷《うなず》ける。

揉《も》まれている箇所がじわりと温かくなり、心地よさと安心感が広がって、このままずっと身を委ねていたいくらいだ。

「……ね、恵太先輩？」

「ん？」

「最近、仕事のほうはどうなんですか？」

リラックスしてきたからだろうか。

つい、しなくてもいい質問をしてしまう。

「最近は、より素晴らしいランジェリーを作れるように下着の研究をしてる感じだね」

「恵太先輩って、毎日楽しそうですよね」

「あはは、まあね」

「別に褒めてませんけど。研究って、具体的にはどんなことしてるんです？」

「今は主に色の勉強をしてるね」

「色？」

「色ってけっこう重要なんだよ。視覚から入ってきた色が、知らないうちに心に影響を及ぼすこともあるから。たとえばだけど、仕事や勉強をするデスクには集中力を向上させる青い物を置くといいらしいね。海外だと、刑務所の部屋の壁紙をピンクにしたら再犯率が下がったっていうデータもあるんだ」

「壁紙をピンクにしただけで？」

「ピンクには攻撃性や怒りを和らげる効果があるんだってさ。精神病院とかでも取り入れてるところがあるみたいだよ」

「そうなんだ」

「あとは、緑やグレーにも気分を落ち着かせて心を安定させる効果があるみたいだね。そういうのを下着にも取り入れられたらいいなと思って」

「いろいろ考えてるんですね」

夏休みを使ってランジェリーの研究とは恐れ入る。

その情熱は見習いたいところだ。

「私、好きですよ。努力してる人」

「え？」

「あっ、好きっていっても恋愛的な意味じゃないですからね!?　目標に向かって頑張ってる人は、人として尊敬できるって意味です！」

「あはは、わかってるよ」

「それならいいけど……」

「そういう意味でなら、俺も雪菜《ゆきな》ちゃんを尊敬してるよ。ＣＭや映画に出演するなんてすごいと思うし」

「あ、ありがとうございます……」

「小耳に挟んだんだけど、映画の撮影がうまくいってないって本当なの？」

「え？　誰がそんなことを？」

「知り合いが出版社に勤めてて、風の噂《うわさ》で聞いたって」

「恵太《けいた》先輩って、けっこう顔が広いですよね」

人の口に戸は立てられない。

ドラマの撮影にはたくさんの人間が関わっているため、どこからか話が漏れたとしても不思議はない。

「映画で私がやるのは、主人公の男の子に恋するヒロインの役なんです」

「へぇ、いい役だね」

「そうですね。……ただ、そういう役は初めてで、苦戦してるのは事実です」

恋する女の子を演じるのは初めての経験だった。

成長し、高校生になった今だからこそめぐってきた役だと思う。

「事前にたくさん練習したんですけど、いざ撮影が始まると、監督にまだまだ役になりきれてないって言われちゃって……それがストレスになってついアイスをパクパクと……」

「それで胸に栄養がいっちゃったんだね」

好きすぎて大量の雪うさぎ大福をストックしていたのがアダとなった。

ストレスが原因で大量に消費されたうさぎたちは脂肪へと姿を変え、その結果、ブラのフロントホックが弾《はじ》け飛《と》ぶという悲劇が起きてしまったわけだ。

「――もういいですよ」

「マッサージ、ありがとうございました」

「え？」

「ああ、うん」

恵太《けいた》が手を離す。

それを確認して体を起こすと、雪菜《ゆきな》はベッドの上で膝を抱えるように座り込んだ。

「今日のデートですけど、役作りのヒントになればと思ってお願いしたんです。ちょっとした取材を兼ねてというか……ヒロインの気持ちが知れたらいいと思って……」

「そうだったんだ」

「でも、難しいですね。ヒロインの気持ちを知らなきゃいけないのに、ぜんぜんうまくいかない……」

「元人気子役の雪菜ちゃんでも、スランプとかあるんだね」

「私をなんだと思ってるんですか？　これでもちゃんと努力してるんですよ？」

そう、努力しているのだ。

今も昔も、芸能界から離れていた時ですら演技の練習は怠らなかった。

だけど、がむしゃらな努力が、必ずしも良い結果を生み出すわけではないことも雪菜は知っていた。

誰もが羨む才能があって、努力できる頑張り屋だとしても、未来の先で夢を掴《つか》めるかどうかは誰にもわからない。

わからないからこそ不安になるのだ。

進んでいる途中で立ち止まって、これで正しいのかと確認する。

今の雪菜はどこへ向かえばいいのか迷って、道の途中で動けなくなった状態だ。

「実は来週、海でクライマックスのシーンを撮るんですけど、うまくできるか自信がなくて……」

「え？　もう最後のシーンを撮るの？　出演が決まったの最近じゃなかった？」

「撮影は物語の順番通りに撮るわけじゃないですからね。外だと天候との兼ね合いもあるし、同じ場所でのシーンは幾つか撮《と》り溜《た》めておいて、のちのち編集で時系列を入れ替えたりするんですよ」

「ああ、言われてみればそうか」

いちいち物語の時系列順に撮っていたら時間がいくらあっても足りない。

話をまたいだシーンも予《あらかじ》め撮影したりする。

屋外での撮影の場合、天気も影響するので撮れるものは先に撮っておくのだ。

「でも、雪菜ちゃんなら大丈夫だよ」

「……大丈夫？」

「雪菜ちゃんは努力家だから、きっと撮影もうまくいくよ」

「………めてください……」

「え？」

ダメだ――そう思った時にはもう遅かった。

「根拠のない励ましはやめてください！」

「雪菜《ゆきな》ちゃん……？」

彼の言葉に対し、瞬間的に芽生えたのは怒りと反発心。

わかったようなことを言われたのが嫌で、自分でも驚くくらい熱くなって、制御できずに相手に感情をぶつけてしまった。

「あ……」

すぐに冷静になって、胸を刺すような後悔が襲ってきたが、吐き出した言葉をなかったことにはできない。

ベッドから下りて、鞄《かばん》を拾い上げた雪菜は、無言でドアのほうに向かう。

「……恵太《けいた》先輩に私の気持ちはわかりませんよ……素敵なランジェリーを作って、たくさんの人に認めてもらえている先輩には……」

最後にそれだけ。

振り返ることなく口にして、雪菜は逃げるように彼の部屋をあとにした。

後輩を傷つけたことに傷ついている、優しい先輩の姿にチクリと胸を痛めながら。

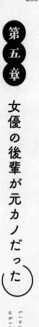

第五章　女優の後輩が元カノだった

Lingerie girl wo okini mesu mama

その映画の監督は雪菜《ゆきな》が子どもの頃にお世話になった人だった。

コネや事務所都合による、いわゆる『大人の事情』が絡んだキャスティングが大嫌いで、純粋に役者の実力で選ぶことで業界では有名な人だ。

そういう監督はユーザーからの評判もいい。

こだわっているぶん作品のクオリティも高くなるからで。

そんな監督に選ばれることは、キャストたちにとって名誉であり、実力を認められた証《あかし》でもあった。

だからこそ、本来であれば〝この場〟にいることを誇るべきところなのだけど――

「うーん……悪くはないんだけどね～。もう少しこう、甘い感じでできないかな～？」

「甘い感じ……ですか」

撮影の現場で監督に指摘されたのは、自身が演じるヒロインの演技について。

その女の子は同い年の男子に恋する高校生で。

素直で感情表現が豊かで、だけど恋愛には臆病で。

主人公を前にすると自分の気持ちを隠してしまうという難儀な性格で、子役時代には演じたことのない設定だった。

雪菜も今は高校生。子どもの頃とは違い、体も心も人並みに成長している。

今回の役も全力で演じているし、気持ちはこめているつもりだが、まだまだ足りないらしい。

（いったい、どうすればいいんだろう……）

もちろん演技に正解はない。

だけど、今の自分の演技が監督の求めるレベルに達しておらず、自分自身も納得できていないのは確かだ。

もっとうまくやらないと。

恋する女の子の気持ちを理解しないと。

そう思うのに、ぜんぜんうまくいかなくて、焦りばかりが降り積もって——

「——はぁ」

撮影の帰り、マネージャーの柳《やなぎ》が運転する車の後部座席で、夜の街を眺めながら雪菜はため息をこぼしてしまう。

しまったと思った時にはもう遅く、マネージャーが前を見たまま反応する。

「大きなため息だな」

「ごめんなさい……」

「謝る必要はないが……さっき監督に言われたことが気になってるんだろ？　演技については、私は悪くないと思ったが」

「もちろん、手は抜いてないけど……」

本気で演じたし、雪菜《ゆきな》個人の内面の迷いを、それを観《み》た観客に気取られるような舐《な》めた演技はしていないつもりだ。

「監督も、少し硬いのが逆に恋してる感じが出てて良いって言ってただろ」

「そうだけど……」

まだ演技が硬いと指摘する一方で、恋する乙女という設定にリアリティを持たせていてこれはこれでＯＫと言っていた。

ただ、それは現時点のヒロイン像に合っているだけだ。

撮影が終盤になり、物語が進めば監督の求める『甘い演技』をしないといけなくなるだろう。

（やっぱり、このままじゃダメだ……）

課題はわかっている。

なのに、解決策が思い浮かばない。

むしろ、考えれば考えるほど理想から離れていく気がする。

それともうひとつ、雪菜には気がかりなことがあって——

（なんで私、恵太《けいた》先輩にあんなこと言っちゃったんだろ……）

先日決行したデートの最後、自身が彼の部屋で放った言葉を思い出して自己嫌悪する。

アレはダメだ。

完全に八つ当たりだし。

百パーセント自分が悪い。

心に余裕がなかったからなんて言い訳にもならない。

「せっかく優しくしてくれたのに、嫌われちゃったよね……」

改めて思い出しても自分の性格が悪すぎる。

いくらお人よしの恵太でも、愛想を尽かされた可能性が高い。

アレから一度も会っていないし、そろそろ夏休みも折り返し地点だし、そもそも連絡も取り合っていない。

というか、今さらどんな顔で連絡を取ればいいかわからない。

「はぁ～……」

仕事とプライベート。

どちらも解決策は思いつかないまま、憂鬱なため息が降り積もるばかりで――

「……これは重症だな。王子様に相談してみるか」

そんなマネージャーの独り言は、未熟な女優の耳には届かなかった。

◇

「……はぁ」

夏季休暇中の夜八時、食事を済ませてリビングのソファーに座り、物思いにふけってい
た恵太《けいた》は深いため息をついた。

「お兄ちゃん？　ため息なんてついてどうしたの？」

「また新作のデザインで悩んでるのか？」

顔を上げると姫咲《ひさき》と乙葉《おとは》が立っていて。

いとこふたりが順番に訊《き》いてくる。

「実はこの間、雪菜《ゆきな》ちゃんを部屋に連れ込んでマッサージをしてたんだけど、途中で怒っ
て帰っちゃってさ」

「えっ⁉　ま、マッサージって……お兄ちゃん、ダイタン……」

「部屋に女子を連れ込んで怒らせるとか、いったいどんな激しいプレイをしたんだよ」

「どんなプレイって、普通に肩を揉《も》んだだけだよ？」

「ああ、胸があると肩凝りとかすごいもんね」

「私にはわからない概念だな」

中学生にしてEカップのバストを誇る姫咲。

大学生だが幼児体型で奇跡のAカップを擁する乙葉。

同じ血を引いているはずなのに、どうしてこうも体型に差が出るのか、遺伝子というものは本当に神秘のベールに包まれている。

(雪菜ちゃん、かなり悩んでるみたいだったからね……)

自分にも何か、彼女のためにできることはないだろうか？

恵太の仕事はランジェリーデザイナー。

当然演技は専門じゃないし、アドバイスのひとつもしてやれない。

中途半端な励ましは相手を傷つけるだけだと学んだばかりだ。

それでも、道に迷って苦しんでいる後輩を黙って見ているだけなのは嫌だった。

「俺も、Gカップのバストを包むブラのように雪菜ちゃんを支えることができればいいのに……」

「お兄ちゃんが意味不明なこと言ってる……」

「恵太の頭がおかしいのはわりといつものことだが……」

今回は特に酷《ひど》い、と姉妹が腫れ物を扱うような目をする。

身内に「ブラのように他人を支えられるようになりたい」と言われたのだから、至極当然の反応かもしれない。

「そうだお兄ちゃん、瑠衣《るい》さんにコレ持っていってくれる？」

「ん？」

姫咲《ひさき》が取り出したのは、ラップのかかった大きなお皿で、

「夕飯のチンジャオロース。瑠衣さん、最近ご飯食べにきてくれないから」

「ああ、コスプレ下着の製作で忙しいみたいだから」

もうすぐ夏コミが始まる。

コスプレ衣装の準備も佳境を迎えているようで、今年は澪《みお》と泉《いずみ》も巻き込んで盛大に参加するらしい。

恵太《けいた》も見にこないかと真凛《まりん》に誘われていたが、雪菜《ゆきな》のこともあるので返事は保留にしていた。

「浜崎《はまさき》さんは熱中するとご飯を食べるの忘れるからなぁ」

「そうならないようにお兄ちゃんがデリバリーするんです」

「なるほど」

それはとても理にかなっている。

瑠衣が引っ越してきてからというもの、姫咲がなにかと瑠衣の世話を焼きたがり、食事に誘うことも多かった。

リュグに移籍してすぐ、彼女が体調を崩したことが大きかったようで。

コンビニ弁当ばかりの生活は許さないと、姫咲の心に火をつけてしまったのである。

「姫咲ちゃんがいれば、みんなの健康は安泰だね」

「わたしは、これくらいしかできないから」

「そんなことないって。料理上手だし甲斐甲斐《かいがい》しいし、俺のパンツも嫌な顔ひとつせず洗ってくれるし、お嫁さんに欲しいくらいだよ」

「へ？……お、お嫁さんって……」

顔を赤らめた姫咲がモジモジする。

真面目な話、毎日欠かさず食事を作ってくれる彼女は、仕事で忙しい恵太や乙葉《おとは》にとっての生命線だ。

今は夏休みだが、学校がある時はお弁当まで用意してもらっているし。

将来、こんな可愛《かわい》いお嫁さんが仕事終わりに出迎えてくれたりなんかしたら最高だし、それはもう充実した毎日を送ることができるだろう。

「おいこら、お前みたいな変態に姫咲は渡さないぞ。恵太にやるくらいなら私が嫁にもらうわ」

「お姉ちゃん!?」

妹は渡さないというように乙葉が姫咲の腰に抱きつく。

身長差があるせいで乙葉のほうが妹に見えるというか、小さい子どもがお姉ちゃんに抱きついているようにしか見えないところがなんとも微笑《ほほえ》ましい。

さて、家族のだんらんはこれくらいにして、そろそろ頼まれた品を持っていこう。

「じゃあ、浜崎《はまさき》さんにデリバリーしてくるね」

「うん、お願いね」

席を立ち、受け取ったお皿を抱えてリビングを出る。

通路を進み、浦島《うらしま》家自慢の広い玄関へ。

靴を履くため、いったんお皿を備え付けの棚の上に置くと、そのタイミングでポケットに入れていたスマホが震え出した。

取り出して画面を確認したところ、最近追加した人物の名前が表示されていて……

「柳《やなぎ》さんだ」

夏休みに入る前、学校の駐車スペースで彼女と話した際に連絡先を交換していたのだ。

なんとなくどんな用件か察しながら、表示された通話ボタンをタップする。

「はい、浦島ですが」

『ああ、夜分にすまないな。今、時間は大丈夫か？』

「大丈夫ですよ。どうしたんですか？」

『少し確認したいことがあってな。――お前、雪菜《ゆきな》となんかあっただろ？』

「やっぱり雪菜ちゃんの話ですよね……」

彼女が電話をかけてくる理由など他に思い当たらない。

口振りから察するに、本人から何か聞いたわけではなさそうだし、様子のおかしい雪菜を心配して探りを入れてきたといったところだろう。

隠しても仕方ないので正直に事実を話すことにする。

「実は先日、雪菜ちゃんを怒らせてしまいまして」

『痴話喧嘩《げんか》か？』

「いえ、違いますけど」

『あの子はアレで寂《さみ》しがり屋《や》なところがあるからな。多少ツンデレが入ってるから素っ気ない態度を取ることもあるが、いったん心を許すと途端に好意全開でベタベタしてくるようになるから根気よく付き合ってやることだ』

「だから違いますって」

交際してもいないのに恋愛的なアドバイスをもらってしまった。

「雪菜ちゃんの仕事のことで、俺が余計なことを言ってしまったんです」

『そうだったのか……』

「雪菜ちゃん、撮影がうまくいってないって聞きましたけど」

『……まぁな』

少しの時間を置いて柳が肯定する。

『とはいえ、雪菜《ゆきな》はちゃんと及第点以上の演技をしてるよ。私から見ても他のキャストと同等以上にやれてる。今回は監督がこだわりの強い人だから苦戦してるだけだ』

「それ、雪菜ちゃんには？」

『もちろん伝えたさ。──ただ、雪菜は根が真面目だからな。求められたら、求められる以上の結果を出そうとするんだ。あの子は子役の頃から自主的に稽古に励んでいたし、心から演技が好きなのが伝わってきた。才能もあって、その上で自身の研鑽《けんさん》に心血を注げるなんて最強だろ。だからこそ私は、あの子に役者の道を諦めてほしくなかったんだ』

「………………」

彼女の話を聞いていて思った。

「もしかして柳《やなぎ》さんって……」

『ん？』

「昔、役者を目指したことがあるんですか？」

『は？　なんで……』

「いや、なんとなくそんな気がして」

彼女の口振りから感じたのだ。

演技に対する愛と、それと同じくらいの憎悪を。

その指摘の返答として、スマホのスピーカーから大きなため息が聞こえてくる。

『お察しの通りだよ。社会人になって何年かはプロの役者を目指してた。演劇サークルで才能があるって褒められて、調子に乗ってたんだな。自分なりに努力もしたし、いいところまでいったこともあった。だけど、どんなに私が演技を愛していても、相手は振り向いてくれなかった。……まあ、結局は私の片想《かたおも》いだったたってわけさ』

「………」

『演技が嫌いになったならいいんだ。それで辞めるなら私もなにも言わない。ただ、雪菜は演技が大好きだからな。だから私はあの子の夢を応援してあげたいんだ』

それが、彼女が長谷川《はせがわ》雪菜にこだわる理由。

演技を愛し、演技からも愛された雪菜が、ネットの中傷が原因で芸能界を離れたことが許せなかったのだ。

一時は仕事から離れた雪菜が、本音では復帰を望んでいると知っていたからこそ、柳は何度も彼女の説得を重ねたのだろう。

『今、雪菜は悩んでいる。数年間のブランクがあるんだ。復帰したからといってすんなりいくほど甘い仕事じゃない。――だが、だからこそ今が成長するチャンスなんだ。あの子はまだまだこんなものじゃない。私や監督を驚かせるような演技ができるはずだ』

「柳さん……」

彼女の熱意は本物だ。

子役時代に仕事を辞めた雪菜《ゆきな》をずっと現場に戻そうとしていたようだし、誰よりも彼女の才能を信じているのが伝わってきた。

『できれば君も、あの子を支えてあげてほしい』

「でも俺は、雪菜ちゃんに嫌われたかもしれなくて……」

『そんなことはないだろ。雪菜は君のことを信頼しているからな。いつも楽しそうに君のことを話してくるし。今回は虫の居所が悪かっただけで、今頃は喧嘩《けんか》したことを後悔して風呂に入りながらセルフ反省会でもしてるだろうさ』

「そう言われるとそんな気がしてきました」

彼女をよく知る人物に言われると説得力がある。

体育倉庫でぼっち飯をしてたことのある雪菜である。

お風呂でセルフ反省会というのはありそうな話だ。

「わかりました。俺も何か考えてみます。雪菜ちゃんの力になりたいので」

『助かる』

硬かった声が僅かに柔らかくなる。

最初はこわい人だと思ったが、何度か話すうちにその印象は完全に覆った。

彼女は本気で雪菜の将来を想《おも》っている、良いマネージャーだと思う。

『――だが、ひとつだけ忠告しておく』

「なんですか？」

『軽い気持ちで雪菜に手を出すんじゃないぞ。まだ復帰したばかりだし、スキャンダルは困るからな』

柳《やなぎ》との電話を終えたあと、瑠衣《るい》にチンジャオロースを届けた恵太《けいた》は姫咲《ひさき》に報告して自室に戻り、ベッドに背中を預けた。

「やっぱり雪菜ちゃんは頑張ってるよね……」

長谷川《はせがわ》雪菜はプロの女優で。

才能に胡坐《あぐら》をかくことなく、研鑽《けんさん》も怠らない努力家だ。

本気で仕事に取り組んでいるからこそ、素人である恵太の励ましに怒りを覚えたのだと今ならわかる。

「それに比べて、最近の俺ときたらロクに下着のデザインも上げないで……なんてダメメなんだろう……」

以前から取り組んでいる新作のデザインはほとんど進んでいない。

どれくらい進んでないかといえば、仕事のかわりに夏休みの宿題ばかり消化して、前倒しで終わらせてしまったほどだ。

もちろん、下着作りに関する勉強を怠ってはいなかったが……

思い返すと、今年の夏休みは雪菜《ゆきな》とジムで汗を流していた時がいちばん充実していた気がする。

「俺も運動は得意じゃないけど、ジョギングに付き合ってた時は楽しかったな」

朝のジョギングも、ジム通いも。

ダイエット成功のご褒美として決行した、彼女との二度目のデートも。

そういえば、偽彼氏をしていた時の最初のデートも、なんだかんだで楽しかった記憶がある。

「最初は毒舌で生意気な後輩だと思ってたのにね」

人のことを男除《おとこよ》けに使ったり、胸を小さく見せるブラを作れといった無茶振《むちゃぶ》りをしてきたり、あの胸の大きい後輩にはずいぶんと煮え湯を飲まされた。

だけど――

「俺も、目標に向かって努力できる人は好きなんだよね」

この部屋で雪菜にマッサージをした時、彼女が言ってくれたことだ。

目標に向かって努力できる人は格好《かっこ》いいし、尊敬できる。

数年のブランクをものともせず、実力で映画のヒロインの座を掴《つか》んだ後輩はとても眩《まぶ》しく見えるし、誇らしく思う。

「ああ、そうか……」

体を起こした恵太《けいた》は、その足でデスクに向かった。

長年、自身の体を支えてくれているチェアに腰掛け、タブレットを手に取ると、仕事用のアプリを開く。

「最初から、自分のやり方で応援すればよかったんだ」

恵太は演技の経験者ではない。

それでも、彼女のためにできることはある。

「俺は、プロのランジェリーデザイナーなんだから」

女子の下着を作ることに関しては誰にも負けない。

これまで培ってきた経験と、新たに勉強して取り入れた知識を掛け合わせて、後輩のために特別なランジェリーを作ろう。

背伸びする必要なんてない。

自分なりの方法で、頑張り屋のあの子を応援しようと思った。

◇

「突然だけど、浜崎《はまさき》さんにお願いがあるんだ」

「本当に突然だね……」

そこは浦島《うらしま》家の玄関。

今さっき閉まったばかりのドアを背に、ハーフパンツに半袖のシャツというラフでありながら魅力的な格好をした瑠衣《るい》がいて、彼女は両手で持ったお皿を差し出してくる。

「あたし、昨日のお皿を返しにきただけなんだけど……」

「チンジャオロースはどうだった？」

「おいしかった。姫咲《ひさき》にありがとうって言っといて」

「了解。伝えとくよ」

綺麗《きれい》に洗われたお皿を受け取りながら頷《うなず》く。

「それで、浜崎《はまさき》さんにお願いしたいことがあるんだけど」

「なに？　またなにか面倒事？」

「実は、雪菜《ゆきな》ちゃんの勝負下着を作りたいんだ」

「えっ!?　勝負下着!?」

瑠衣が声を荒らげる。

そして、澪《みお》がよくするゴミを見る目を向けてくる。

「浦島、アンタ……高一のいたいけな女の子に、どんないやらしい下着を着けさせるつもりなの……？」

「浜崎さんはなにを言ってるの？」

「大人のお姉さんでも着けるのをためらうようなエロい下着を作る気なんでしょ？　この変態！　ドスケベデザイナーっ!!」

「浜崎さんは本当になにを言ってるの？」

たしかに雪菜は高校生離れした巨乳の持ち主ではある。

しかし、彼女にそこまでのエロ下着はまだ早いと思う。

「雪菜ちゃんさ、今、仕事のことで悩んでるみたいなんだ」

「え、そうなの？」

「けっこう深刻なスランプみたいで……。それでなんとかしてあげたいと思ったんだけど、俺は演技に関して素人だし、気の利いた助言もできないから……」

「それで勝負下着？」

「うん。浜崎さんも、俺と勝負した時に勝負下着を穿《は》いてたでしょ」

「その件はもう忘れてよ……」

浜崎瑠衣がリュグに移籍する前。

急に転校してきた彼女は恵太《けいた》に宣戦布告し、自身の父が経営するブランドに恵太を引き入れるためにデザイン勝負を仕掛けてきたのだ。

その結果が出た日、なんと彼女はお気に入りの勝負パンツを穿いてきたのである。

「絢花《あやか》ちゃんにスカートをめくられて、涙目になった浜崎《はまさき》さんは可愛《かわい》かったなぁ」

「だから忘れてって言ってるでしょ!?」

「なかなか忘れられないよ。敵対してた浜崎さんが俺の作った下着を使ってたんだから」

「浦島《うらしま》ってけっこうSっ気あるよね……」

「え、そう？」

いずれにせよ、浦島恵太《けいた》がドSかどうかなど今はどうでもいい。

お皿を備え付けの棚の上に置き、手が空いた恵太は、無防備な瑠衣《るい》のほうへじわじわとにじり寄る。

「えっ？　ちょっ、近っ!?」

「頼むよ浜崎さん。新しい下着を作るために、浜崎さんの力が必要なんだ」

「浦島……」

「浜崎さん……」

「とりあえず、近すぎてこわいから離れて」

「あ……」

気づくと、話しながら彼女に壁ドンならぬドアドンをかましてしまっていた。

よほどこわかったようで、瑠衣の褐色の頬《ほお》がほんのりと赤く染まっていて。

彼女に小さく「ごめん」と謝ってから恵太は元の位置まで戻る。

「まったくもう……浦島は面倒事ばかり持ってくるんだから」

「やってくれるの？」

「断るワケないでしょ。あたしはアンタのデザインを形にするためにいるんだから」

「浜崎さん……」

　彼女らしい、強気な笑顔が頼もしい。

　交渉が成立すると、褐色の肌の少女が自宅に戻ろうと踵《きびす》を返《かえ》す。

「浦島は早めにデザイン上げといて。頼まれてたコスプレの下着がもうすぐできるから、それが終わったら超特急で作ってあげる」

◆

「……ん？　ん～？」

　乙葉《おとは》が目を覚ますと、そこは自宅リビングのソファーの上だった。

「寝てたのか、私……って、もう夜じゃん」

　既にカーテンが閉められ、部屋の照明が点《つ》いており、壁掛け時計の針は十九時を回っていた。

　適温に設定されたクーラーが心地よすぎて、ついうたた寝をしてしまったようだ。

「……お腹《なか》すいたな……」

もう夕食の時間だ。

せつない音で空腹を訴えたお腹をさすりながら、普段と同じ私服の乙葉《おとは》がもぞもぞと立ち上がる。

すると、キッチンのほうで妹の姫咲《ひさき》が何やら作業しているのが見えた。

「あ、お姉ちゃん。おはよう」

「お～」

食べ物を求めてキッチンに出向くと、こちらに気づいた姫咲がにこりと笑う。

相変わらず笑顔とエプロンがよく似合う妹だ。

「めっちゃいい匂いがする」

「今日のお夕飯は天ぷらにしてみました」

「いいね～」

姫咲の言う通り、キッチンの天板に置かれた大皿には揚げたての天ぷらが並んでいた。

エビやナス、鮮やかな色のかぼちゃや、人参《にんじん》と玉ねぎのかき揚げなど、空腹の乙葉にはたまらない光景だ。

「料理上手な妹をもって、私は幸せだな」

「えへへ。わたしも、可愛《かわい》いお姉ちゃんがいてくれて幸せだよ♪」

妹の料理の腕前はかなりのものだ。

おいしいのはもちろん、家族の健康面も考えて献立を作ってくれている。

きっと、姉のぶんの家事の才能を全て持っていったのだろう。

ついでに胸とか身長も持っていったに違いない。

でなければ、同じ両親から生まれておいてどうしてここまで体格に違いが出るのか説明がつかないし。

冷蔵庫から出した天然水をコップに注《つ》いで飲みつつ、乙葉《おとは》がリビングを見回す。

「そういや、恵太《けいた》は？」

「お兄ちゃんなら、部屋にこもって作業してるよ」

「あいつ、ようやく仕事のスイッチが入ったのか」

「あー、それがね……」

めずらしく姫咲《ひさき》が言い淀《よど》む。

「なんかね？　雪菜《ゆきな》さんのために、最高の勝負下着を作るんだって息巻いてたよ」

「は？　勝負下着？　どういうこと？」

「仕事を頑張ってる雪菜さんを、新作下着で応援したいんだって」

「ますます意味がわからん」

最高の勝負下着だとか。

それを使って雪菜を応援するだとか。

正直、何を言っているのかまったく理解できないが……

「まあ、恵太なら大丈夫か。あいつ、誰かのためにがむしゃらになってる時がいちばんいい仕事するからな」

「お兄ちゃんの作る勝負下着、楽しみだね」

変態ではあるが、恵太のデザイナーとしての才能を乙葉は信頼していた。

ここのところまったくデザインが上がってなかったが、一度スイッチが入ったのなら、近いうちに必ず素晴らしいランジェリーを仕上げてくるはずだ。

「もう夕食の準備ができたけど、どうしよっか？」

「作業の邪魔はしたくないが、せっかくの揚げたてだからな」

「そうだね。ふたりで持っていってあげようか」

「美人姉妹にディナーをデリバリーさせるとか、あいつは本当にいいご身分だよな」

寝起きの自分にここまでさせるのだ。

お皿に天ぷらを取り分けながら、しょぼいデザインを上げてきたら絶対に許さないぞと、ここにはいない恵太《いとこ》にプレッシャーをかけたのだった。

◇

夏休みも終盤となった八月下旬の夜十時頃。

翌日早朝の撮影に備え、前乗りしたホテルの部屋で、ワンピース姿の雪菜《ゆきな》が一人掛けの椅子に座って台本を読み直していた。

「――私、先輩にずっと言いたいことがあったんです。何度も伝えようと思って、臆病で言えなかったこの気持ち……聞いてくれますか？」

物語において最も盛り上がる場面。

クライマックスの台詞《せりふ》をなぞったところで、ひとつ息をつく。

「明日は本番……ちゃんと演じないと……」

プロの演者に失敗は許されない。

リテイクが続けば、他のキャストやスタッフの人たちにも迷惑をかけることになる。

監督が求めるヒロインを演じるためにも、作品に報いるためにも、なにより楽しみにしてくれているユーザーのためにも全力をもって応えなければいけない。

応えなければいけないのに――

「うぅ……まったくうまくできる気がしない……」

椅子に腰掛けたままガックリとうなだれる。

ご覧の通り、長谷川《はせがわ》雪菜のメンタルはかつてないほどズタボロだった。

「ぜんぜん自信がないし、どうすればいいんだろう……」

失敗したらどうしよう？

周囲の人たちに迷惑をかけて、呆《あき》れられたらどうしよう？

心が弱っているせいで、どうしてもネガティブなことばかり考えてしまう。

「子役だった頃は、こんなことなかったのに……」

あの頃は悩むことなく演じることができた。

カメラの前に立つと自然と体が動いたし、台詞はよどみなく口から出てくれた。

輝いていたかつての自分と、今の格好の悪い自分。

そのギャップが雪菜を悩ませる要因のひとつだった。

「……はぁ」

この頃、爆発的に多くなっているため息をこぼす。

ため息をつきすぎてもはや最近のマイブームと化しており、物憂げにため息をつくシーンであれば今なら完璧に演じられると思う。

そんなアホなことを考えていた時だった。

突然、机の上に放置していたスマホが鳴り始めた。

「柳《やなぎ》さんかな……？」

仕事の話であれば出ないわけにはいかない。

席を立った雪菜《ゆきな》がスマホを拾い上げ、画面を確認すると、表示されていたのは思わぬ人物の名前だった。

「……恵太《けいた》先輩？」

出るかどうか逡巡《しゅんじゅん》する。

だって、急に連絡をもらってもどう返したらいいかわからない。

明日は大事な仕事だし。

まだいろいろと気持ちの整理がついていないし。

全力で後ろ向きな言い訳を考えているうちに向こうも諦めたらしく、ほどなくして着信音が鳴《な》り止《や》んだ。

「はぁ……」

ほっとしたのも束《つか》の間《ま》。

今度は短い着信音がして、同一人物からメッセージが届いた。

「今度はなに……」

電話をスルーしてしまった罪悪感から、おそるおそる画面を見る。

問題のメッセージを開くと、短く用件が記されており、目に入った『今、ホテルの前にいるんだけど』というありえない文面に雪菜は肩を震わせた。

「えっ!?　うそ!?」

慌てて窓に駆け寄り、下を見る。

この部屋はホテルの五階で、ちょうど建物の正面に面している。

雪菜の視線の先、真下の歩道に見慣れた人影があって、こちらに向かって子どもみたいに大きく手を振っていた。

「なんで……」

地元からこの街まではかなりの距離がある。

電車を乗り継いでだいたい二時間くらいかかるのだ。

だからこそ撮影に備えて前乗りしているのに、そこへ件《くだん》の先輩男子がやってくるなど誰が予想できよう。

さすがにこれは無視できる状況じゃない。

居ても立っても居られず、今度はこちらから電話をかけた。

『──あ、もしもし雪菜ちゃん？　今、ホテルの下に──』

「ちょっとそこで待っててください！」

繋《つな》がった瞬間、それだけ言い放って返事も聞かずに通話を切る。

そのまま急いでソファーに放っていた薄手の上着《カーディガン》を羽織り、閉め出されると困るのでカードキーを持って部屋を飛び出した。

遅い時間のためか、誰もいないホテルの通路をズンズン進み、エレベーターを呼んで中に乗り込む。

そうして一階に下りると、駆け足でホールを抜け、湿った熱気を孕《はら》んだ外に出た。

駅前ということもあり、高い建物に囲まれた夜の歩道。

そこで待っていた人物が親しげに手を挙げる。

「やあ、雪菜《ゆきな》ちゃん。よかった、間に合って」

「……どうして先輩がここに？」

「柳《やなぎ》さんに聞いたんだよ。今夜はこのホテルに泊まるって」

「いつの間に柳さんと仲良くなったんですか……」

自分の知らないところで、ふたりが連絡を取り合っているとは思わなかった。

いろいろと問い詰めたいところだが、今はそれよりも――

「とにかく私の部屋にきてください。誰かに見られたら大変ですから」

今の自分は変装していないのだ。

化粧もしてないし、伊達《だて》眼鏡もかけていない。

３６０度、どこから見ても女優の長谷川《はせがわ》雪菜その人なのである。

もう遅い時間とはいえどこに人の目があるかわからないし、映画の仕事が決まった直後にスキャンダルは困る。

そんなわけで、周囲を気にしながら恵太《けいた》を連れてホテルの中へ。

物珍しそうにキョロキョロしている上級生をエレベーターに押し込み、自分の部屋がある階のボタンを押した。

五階に到着し、周囲を警戒しながら移動して、誰にも見られることなく男子を部屋に連れ込むことに成功する。

「……はぁ、なんとか見られずに済みましたね」

「ホテルの部屋に男を連れ込んだとか、週刊誌に撮られたら大変だもんね」

「わかってるならもう少し考えて行動してくださいよ……」

口を尖《とが》らせる雪菜だったが、本気で怒ってはいなかった。

悪いことをしているようなスリルが、少しだけ楽しかったから。

いつもそうだ。

この人と話していると、自分ばかり悩んでいるのが馬鹿らしく思えてくる。

「それで、本当にどうしたんですか？　こんなところまで押しかけて」

「ああ、うん。雪菜ちゃんに渡したいものがあってさ」

「渡したいもの？」

「その前に、ちょっといいかな？」

「？　なんです？」

「……」

急に口を閉ざし、いつになく真剣な目をした上級生が近づいてくる。

「け、恵太《けいた》先輩……？」

深夜のホテルで若い男女がふたりきり。

状況が状況なだけに、緊張した声を上げる雪菜《ゆきな》の前に立つと——

「ちょっと失礼」

そう言って、おもむろに後輩のワンピースのスカートをめくり上げた。

「……へ？」

あまりの事態にフリーズする雪菜の前で、スカートを持ち上げたまま恵太が頷《うなず》く。

「うん、とっても可愛《かわい》い水色の下着だね」

「……いや、恵太先輩はいったいなにをしてるんですか？」

「はい、もう少し上も見せてね」

「ちょっ⁉」

こちらのパンツを確認したのち、さらにスカートを持ち上げてお腹《なか》を、その上にある胸部まで露出させられてしまった。

心の準備なしに下着を見られたショックで頬《ほお》が燃えるように熱くなる。

「恵太先輩⁉　いったいどういうつもりですか⁉」

「雪菜ちゃんこそ、これはどういうことなの？」

「はい？」

「パンツは水色なのに、ブラはピンクだなんて……上下でまったく違う下着を着けるなんて恥ずかしいと思わないの!?」

「別にいいでしょ!?　そんなの私の勝手じゃないですか！」

恥ずかしさに怒りをプラスした声で叫ぶ。

ここで、ようやく恵太がワンピースのスカートを離した。

「たしかに、上下で下着を揃《そろ》えない無頓着な女子は多いし、データにも出てるよ。毎日揃えるのって面倒だもんね」

「それはその通りなんだけど……男子に指摘されるのはモヤっとしますね……」

女子は意外と上下で揃っていない下着を使ってたりする。

ただ、それを男子に指摘されるのは釈然としない。

「けどね、自分の下着の管理もちゃんとできない人に——言ってしまえば、いい加減なランジェリーの着け方をしてる人に、いい仕事はできないと思うんだ！」

「んなっ!?」

一瞬、息が止まるかと思った。

いい加減なランジェリーの着け方をしてる人にいい仕事はできない——

一見すると意味不明な謎理論である。

謎理論のはずなのに、なぜか無視できない妙な説得力があった。

「明日、海で大事な撮影があるんでしょ？」

「まあ……」

「女の子なんだから、決戦の時は下着も気合いを入れないとダメだよ？」

「だからって、いきなり女の子の下着をチェックしないでほしいんですけど……ふたりきりなのをいいことに襲われるのかと思いました……」

せめてもの抵抗に精一杯のジト目を送る。

断りもなく下着の上下をチェックされたのだ。

通報されても文句の言えない狼藉《ろうぜき》だと思う。

「それで？　そんなことを言うためにわざわざこんなところまできたんですか？」

「もちろんそれだけじゃないよ」

そう言って、恵太《けいた》が所持していたショルダーバッグから紙袋を取り出す。

「今日は、雪菜《ゆきな》ちゃんにこれを渡しにきたんだ」

差し出されたので、とっさに受け取った紙袋を手に彼に尋ねる。

「これは？」

「勝負下着だよ」

「勝負下着とな？」

勝負下着といえば、まさか――

「え、エッチな下着ですか……？」

「いや、そういう意味の勝負じゃなくて。雪菜ちゃんが万全の状態で本番に臨めるように、気分を高められる下着を作ってみたんだ。浜崎《はまさき》さんにデザインを渡して、完成したのが夕方だったから」

「ああ、だからこんな時間に……」

大事な撮影を控えた雪菜のために、わざわざ作ってくれたらしい。

さっきの「よかった、間に合って」という台詞《せりふ》はそういう意味だったのだ。

「見てもいいですか？」

「もちろん」

世にも珍しい男子高生のランジェリーデザイナー。

そんな恵太が作った下着の素晴らしさは雪菜自身、身をもって体験していたし、彼の新作と聞いて興味が湧かないわけがない。

それが、自分のためにデザインされた作品となればなおさらで――

「綺麗《きれい》……」

初めに姿を見せたのは上品なグレーのブラだった。

可愛《かわい》いというよりは、大人っぽい落ち着いたデザイン。

繊細な意匠の生地がふんだんに使われており、セットになっていたショーツと共に、その手触りのよさは滑らかすぎてちょっとびっくりするレベルだ。

「なんだかすごく滑らかなんですけど……」

「素材は高品質なシルク100%だから、肌触りも最高だと思うよ」

「高品質なシルクって……それって、すごく高価なんじゃ……」

「リュグ史上、類を見ないほどの原価率になったね。その生地で作るように指示したのは俺だけど、浜崎《はまさき》さんに値段を聞いて目が点になったよ」

「ダメじゃないですか」

「そうだね。乙葉《おとは》ちゃんにも、このままだと絶対に商品化できないって言われたし」

「いよいよダメじゃないですか」

利益が出ない時点で商品として破綻している。

赤字で食べていけるほど会社経営は甘くないのだ。

「新作の作業もあるのに、商品にならないような下着を作っていいんですか？」

「いいんだよ。――それは商品じゃなくて、雪菜《ゆきな》ちゃんのために作ったランジェリーなんだから」

「なっ⁉」

思わぬ不意打ちに再び頬《ほお》が熱くなる。

どう言い繕っても利益にならない商品を作るのはプロ失格だ。

それなのに彼は、商品にならないとわかっているランジェリーを、雪菜のためだけに作ってくれた。

その気持ちが、涙が出そうなほど嬉《うれ》しい。

「…………なんで……」

「ん？」

「なんで恵太《けいた》先輩は、そんなに優しくしてくれるんですか？　……私、先輩に酷《ひど》いことを言ったのに……」

「あの時のことなら俺は気にしてないよ。誰だって、溜《た》まってたものを吐き出したくなることくらいあるしね」

「……じゃあ、先輩は私のことが嫌いになったりしてませんか？」

「え？　そんなこと、考えもしなかったけど」

「そうですか……」

本当に、悩んでいたのが馬鹿みたいだ。

理不尽なことを言って怒らせたと思ったのに、本人がまったく気にしていなかったことに心の底から安堵《あんど》する。

こんなに優しい気持ちになったのはいつぶりだろう。

このままだと頬《ほお》が緩んでしまいそうなので、わざと素っ気ない態度で会話を繋《つな》ぐ。

「こんな時まで下着で解決しようとするなんて、先輩は本当に下着馬鹿ですね」

「いやあ、それほどでも」

「褒めてないです。……でも、本当にありがとうございます」

もらったランジェリーを、紙袋ごと宝物のように胸に抱く。

「これは、なにかお礼をしないとですね」

「え？　そんなのいいよ。そういうつもりで作ったんじゃないし」

「ダメです。私がお礼をしたいんです」

「えー？」

「先輩、なにかしてほしいこととかないですか？」

「うーん……」

少し考えて、彼が思いついたように顔を上げる。

「それじゃあ――せっかくだし、その下着を着けて見せてほしいかな」

「え……？」

「今回は我ながら会心の出来だったから、試着してもらうの楽しみにしてたんだよね。俺は部外者だし、撮影には立ち会えないから、ここで見せてくれたら嬉《うれ》しい」

「え？　今からですか？」

「うん。ダメかな？」

「ええ～？　う、うう～ん……」

いつもの試着会ならともかく、ホテルにふたりきりの状況で下着姿になるのはまずい気がする。

なによりめちゃくちゃ恥ずかしいし……

だけど、こんな時間に会いにきてくれた彼に恩返ししたいという気持ちもあって――

「お、お風呂……っ！」

しばし逡巡《しゅんじゅん》したのち、覚悟を決めた雪菜《ゆきな》は顔を真っ赤にしながら宣言した。

「お風呂に入ってからでいいですか⁉」


数分後、ワンピースと下着を脱ぎ捨てた雪菜はバスルームでシャワーを浴びていた。

「私、なにしてるんだろ……」

実は彼がくる前に一度シャワーを浴びていたのだが、外に出た際に走ったりしたのでほんのりと汗をかいてしまった。

せっかくの新しい下着だし、こちらとしても万全の状態で装着したい。

だからこそのシャワータイムなわけなのだが……

「というか……男子を待たせてシャワーを浴びるって、なんというか……すごく……」

すごくアレでナニなシチュエーションだと思う。

年頃の乙女としては、この状況でいろいろ意識しないほうがどうかしている。

「恵太《けいた》先輩、可愛《かわい》いって言ってくれるかな……」

胸に芽生えたのは期待と不安。

これは、撮影に臨む時と似た感覚だ。

最近は仕事のたびに不安ばかりが押し寄せて、楽しいと思えなくなっていたけれど……

今の自分なら、あの脚本のヒロインになれる気がした。

こんなに前向きな気持ちになれたのは久しぶりだ。

「まあ、先輩のことだからどうせ下着を見て楽しむだけで終わるんだろうけど……少しくらい期待してもいいよね……？」

シャワーのお湯を止め、鏡に映った自分の姿を見る。

――うん、可愛い。

彼の周りには反則級に可愛い子たちがひしめいているが、我ながら他のメンバーにも負けず劣らずの美少女っぷりだと思う。

「――よし」

バスルームを出て、タオルで体の水気を取った雪菜《ゆきな》はドライヤーで髪を乾かしてから、満を持して上質なシルク100%のランジェリーを身に着けた。

これで準備は万端だが、タダで見せるのも面白くない。

下着姿を見せる以上は、あの鈍感な下着馬鹿を少しでもドキドキさせたい。

駆け引きというほど大げさではなくても、なるべくなら小出しにしていこうと、その上に備え付けのバスローブを羽織って部屋に戻った。

「お、お待たせしました……」

平静を装おうとしたものの、緊張から上擦った声を出してしまう。

これから先輩に下着を見せるんだ——

そう思うと恥ずかしさでゆで上がりそうになる。

それでも振り絞った勇気を燃料に、心臓をバクバクと高鳴らせながら彼の姿を探したのだが——

「……って、あれ？　恵太《けいた》先輩？」

なぜだろう？

さっきまでいた上級生が、部屋の中に見当たらないではないか。

しきりに首を傾《かし》げつつ、困惑しながら部屋の中央に移動すると、思わぬ場所に目当ての人物の姿を発見した。

「ぐーぐー」

「嘘《うそ》でしょ……この人、爆睡してるんだけど……」

ご覧の通り、浦島《うらしま》恵太は爆睡していた。

ふかふかのソファーで横になり、気持ちよさそうに寝息を立てていた。

「先輩が見たいっていうからわざわざシャワーまで浴びたのに……」

起こさないよう、愚痴は小声で。

怒っていたはずなのに、幸せそうな彼の寝顔を見ていたら自然と頬《ほお》が緩んでしまう。

「もう、仕方ないなぁ……」

この人のことだ。

きっと、撮影に間に合わせるために寝る間も惜しんで作業してくれたのだろう。

「…………」

トレードマークの眼鏡を取って、彼の頭を優しく撫《な》でる。

「おやすみなさい、恵太先輩」

男子を同じ部屋で寝かせるなんて非常識だが、今日だけは特別に許してあげよう。

時刻は夜中の十一時になろうといったところ。

外した眼鏡をテーブルの上に置いて、雪菜《ゆきな》もベッドに横になる。

それから、枕元のスイッチで部屋の明かりを落とした。

「それにしてもこの下着、めちゃくちゃ着け心地いいな……さすがはシルク１００％……」

高価な生地はやっぱりすごい。

なんかもう、胸が幸せに包まれているような感じがする。

「そういえば、グレーには気分を安定させる効果があるんだっけ……」

以前、恵太《けいた》が言っていたことを思い出す。

夏休み中に勉強していたことをさっそく下着に取り入れたようだ。

「………ねむ……」

グレーの下着の効果でリラックスできたからだろうか。

ここのところストレスのせいかサボり気味だった睡魔が、雪菜《ゆきな》の意識をあっさりと夢の国へと連れていってくれた。

◇

「それじゃあ、雪菜ちゃん。さっそくスタンバイしてもらえるかな」

「はい」

撮影当日の朝、監督の指示に従って雪菜は与えられたポジションに立った。

これから撮るのは物語のクライマックス。

夏の海をバックに、ヒロインが主人公の男の子に想《おも》いを伝えるシーンだ。

目の前には主人公を演じる若い俳優が立っており、衣装はふたりとも高校の夏季制服で、彼はオーソドックスな学生服姿。

雪菜は眩《まぶ》しいセーラー服姿だった。

（勝負下着も着けてきたし、私に勇気をください……）

目を閉じ、祈るように重ねた手を胸に当てる。

そうして、監督の合図で撮影が始まり――

その日の雪菜は、自分でも驚くくらい役になりきることができた。

理由はなんとなくわかっている。

この役《ヒロイン》は今の自分自身だと、ようやく気づいたからだ。

ヒロインの設定――とっくに相手のことを好きになっているのに、その気持ちを認められなくて、素直に気持ちを伝えられないなんて、まるきりどこかの誰かさんと同じだ。

（頑張って演じても、しっくりこないはずだよね……）

どんなに役になりきろうとしたところでしっくりくるはずがない。

今の雪菜に必要だったのは演技ではなく、自分の中にある恋愛感情を認めて、その気持ちを舞台で昇華することだったのだ。

違う誰かになろうとしている時点で役からズレていた。

乱暴な結論だが、変に演じすぎないことが今回の仕事の〝正解〟だったのである。

(今の私は女優失格だな……)

主人公の男の子に告白しながら、その向こうに別の異性の姿を見ているなんて、誰にも知られるわけにはいかない。

(やっぱり私、恵太《けいた》先輩のことが好きなんだ)

もう誤魔化《ごまか》しようがない。

学校の被服準備室で、初めて彼の作った下着を着けたあの時。

優しい言葉をかけられたその瞬間から、自分にとって彼はかけがえのない、特別な人になっていた。

(──ああ、これは間違いなく最高の映画になるな)

撮影も遂《つい》に終盤。

主人公に想《おも》いを告げ終えた瞬間、そんな確信を得られるくらい、雪菜《ゆきな》の演技は素晴らしいものになったのである。

◆

「……あれ？　ここって……」

例のホテルの一室、ソファーの上で体を起こし、テーブルの上にあった眼鏡をかけた恵太は自身のスマホで時計を見た。

「もうお昼過ぎか……」

時刻はまさかの正午過ぎ。

ここのところ一心不乱にデザインに打ち込んでいた反動からか、かれこれ十時間以上寝ていたらしい。

「……ん？」

目を引かれたのは眼鏡が置いてあったテーブルの上。

そこには小さなメモが置かれており、綺麗《きれい》な字で『お寝坊さんへ。私の仕事が終わるまで待っててくださいね。雪菜より』と書かれていた。

ご丁寧にこの部屋のものと思われるカードキーも置いてある。

食事は随時、外で取ってきてよしということだろう。

「お言葉に甘えて、コンビニでもいこうかな」

長時間寝ていたため、すっかり空腹だ。

その前にトイレを借りた恵太は、すっきりとした面持ちで部屋を出た。

昨夜の記憶を頼りにエレベーターのあるホールに向かうと、やってきた昇降機からちょうど雪菜が出てきたところで――

「あ……」

こちらに気づいた彼女が、飼い主を見つけた大型犬のように駆けてきた。

「恵太《けいた》先輩！」

「おっと」

甘えるように抱きつかれ、とっさに彼女を抱き留める形になる。

圧倒的なバストのボリュームとか、胸部の豊かな膨らみとか、お胸的なものが当たって大変なことになっていたが、雪菜《ゆきな》は気にせず笑顔を向けてくる。

「おはようございます、寝坊助《ねぼすけ》さん」

「おはよう、雪菜ちゃん」

抱きつかれたまま、まずは挨拶。

「撮影にいってきたんだよね？　どうだった？」

「バッチリ！　監督にめちゃくちゃ褒められました！」

「それはよかった」

ラストシーンの撮影は成功したようだ。

嬉《うれ》しそうな後輩の笑顔に、こっちまで嬉しくなる。

「それで、その……できればそろそろ離れてほしいんだけど……」

「えー？　可愛《かわい》い元カノが抱きついてるんですから、もっと嬉しそうにしたらどうなんですか？」

「元カノって、アレは偽りの恋人関係だったよね」

「……個人的には、本当の恋人関係もアリだと思うんですけど……」

「え？」

台詞《せりふ》の途中から徐々に尻すぼみになり、最後まで聞き取れなかった。

そんな恵太に不服そうにしながら雪菜が離れる。

「でも、撮影がうまくいってよかったね」

「はい、恵太先輩のくれた勝負下着のおかげです」

「ご利益があったなら嬉しいよ」

夜なべして仕上げた甲斐《かい》があったというものだ。

一昨日《おととい》の深夜に渡したデザインを、たった一日で形にしてくれた優秀なパタンナーには感謝してもしきれない。

「私、気づいたんです。背伸びせずに、自分の素直な気持ちを演技に乗せればよかったんだって。そういうイメージでやったらうまくいきました」

「そうなんだ」

日々の練習によって役作りの土台は出来上がっていたのだろう。

ほんの小さなキッカケが、彼女の演技を完成させたのだと思う。

「あと、もうひとつ気づいたことがあるんですけど……」

「ん？　なに？」

「その前に、ちょっと屈《かが》んでもらってもいいですか？」

「？　いいけど」

首を傾《かし》げながらも言われた通りにする。

誰にも聞かれたくないことなのか、内緒話をするように、横に立った雪菜《ゆきな》がこちらに顔を近づけると——

そのまま、恵太《けいた》の頬《ほお》に自身の唇を押し当てた。

「……え？」

事態を把握した時には、既に彼女は体を離していて。

あまりの事の重大さに、正面に戻った後輩を呆然《ぼうぜん》と見ることしかできなかった。

「雪菜ちゃん、今のって……」

「……見ての通りですよ」

恥ずかしそうに頬を桃色に染めて、だけど、どこか晴れやかな可憐《かれん》な笑みを浮かべて後輩の女の子が告白する。

「私、恵太先輩のことが好きみたいです」

エピローグ

Epilogue

「──あら？」

夏休み明けの放課後、被服準備室に入ってきた絢花《あやか》が驚きの声を上げた。

部屋の中では夏季制服に身を包んだ恵太・澪《みお》・雪菜の三人がテーブルを囲んでいたのだが、絢花が注目していたのはそのうちのふたり。

定位置に腰掛けた恵太と。

その隣に座り、恵太の腕にべったりと抱きついている雪菜で。

あまり見ない珍しい光景に、金髪の上級生は目を見張ったのだ。

「ちょっと見ない間に、なんだかずいぶん仲良くなったわね？」

「あはは、まあね……」

「むむ？」

長年の付き合いから幼馴染《おさななじみ》の微妙な異変を感じ取ったのだろうか。

眉をひそめた絢花が、探るような視線を恵太に向ける。

「もしかして、なにかあったの？」

「えーっと、それは……」

「その煮え切らない反応……もしかしなくてもなにかあったわね」

恵太《けいた》が言葉に詰まった途端、畳み掛けるように断言する。

煮え切らない様子の恵太に代わって絢花《あやか》の質問に答えたのは、腕に抱きついたままの長《は》谷川雪菜《せがわゆきな》その人で——

「私が恵太先輩に告白したんです」

「そう、告白を……え？　告白⁉」

思いがけない情報に、絢花が再び目を見張る。

「告白したの？　雪菜さんが恵太君に？」

「そうです。こないだ、恵太先輩に好きって言ったんです」

「いつの間にそんなことに……」

「夏休み中、いろいろあったんだよ」

恵太自身、信じられない出来事だった。

長年ランジェリー一筋だった自分が告白されるとは夢にも思わなかったし、その相手が今をときめく女優の女の子なのだから、なおさら実感が湧かない。

「わたしも、さっき聞いてびっくりしました」

恵太の向かいの席で、ずっと黙っていた澪《みお》がそんな感想を漏らして、

「そうね……私も正直、驚きを隠しきれないわ……」

ドアの前に立ったまま、絢花が胸の内を打ち明ける。

「じゃあ、もしかして……ふたりは付き合うことになったの？」

「いや、さすがにそこまでは……俺も雪菜ちゃんも仕事があるし、もう少し考えさせてほしいって感じで」

「そう……」

なぜかほっとしたように小さな胸を撫《な》で下ろす絢花。

そんな上級生の姿など目に入っていない様子で、渦中の人物である雪菜が更なるアプローチをかけてくる。

「そうだ、恵太先輩。こないだもらった下着の写真があるんですけど、どうですか？」

彼女が見せてきたスマホには自室で撮ったと思《おぼ》しき写真が表示されており、グレーの下着姿の雪菜が恥ずかしそうに写っていた。

「えーっと……とてもよく似合ってるね」

「ありがとうございます♪」

「う、うん……」

向けられた眩《まぶ》しい笑顔に圧倒される。

まさかあの毒舌な後輩がこんなに可愛《かわい》くなるなんて……

そして、下着姿の自撮り画像を自分から見せてくれるようになるなんて……

（恋ってすごいんだね……）

もちろん好意を寄せられて悪い気はしない。

ただ、後輩のあまりの変貌っぷりに驚きを禁じ得ないというのが正直なところだ。

前に彼女のマネージャーが「雪菜《ゆきな》は心を許した相手には甘々」みたいな意味のことを言っていたが、まさにその通りになった形である。

「あのさ、雪菜ちゃん？」

「なんですか？」

「雪菜ちゃんは芸能人なんだから、そういう画像は流出しないように気をつけてね」

「もう、心配しなくても先輩以外に見せるわけないじゃないですか♡」

「そ、そう……」

再び眩《まぶ》しい笑顔を向けられて、照れる。

素直な後輩が可愛《かわい》すぎてどうしていいかわからず、タジタジになるしかない。

「あの浦島《うらしま》君がタジタジになってる……」

「雪菜さんって、恋をするとこんなふうになるのね……」

澪《みお》と絢花《あやか》のふたりも雪菜の変化に驚いているようで、どう扱っていいかはかりかねた様子で遠巻きにこちらを観察していた。

「……これは、私もゆっくりしている暇はなさそうね……」

「？　絢花ちゃん？」

事件が起きたのはこの時。

恵太《けいた》の視界の端で、絢花が何かを小さくこぼした直後だった。

「——浦島っ!!」

「え？　浜崎《はまさき》さん？」

突然、準備室のドアが勢いよく開け放たれたかと思うと、褐色の肌が眩しい浜崎瑠衣《るい》が飛び込んできたのだ。

短いスカートを魅惑的に揺らし、学生鞄《かばん》を肩にかけて、スマホを手にした彼女は切羽詰まった様子で——

「どうしたの、浜崎さん？　紐《ひも》パンの紐がほどけたような剣幕《けんまく》で」

「え？　浜崎先輩、今ノーパンなんですか？」

「ノーパンじゃないし、そもそも紐パンでもないから！」

肩で息をしながら瑠衣がツッコミを入れる。

彼女の額には汗が浮かんでおり、どうやらここまで走ってきたようだが、そんなに慌てていったい何があったというのだろう？

「いい？　落ち着いて聞いてほしいんだけど……」

「？　うん……」

「さっき、パパから連絡があったんだけどね……」

「悠磨《ゆうま》さんから？」

現在、瑠衣《るい》は恵太《けいた》と同じマンションで一人暮らしをしている。

そんな娘を心配して、彼女の父親が連絡を寄越《よこ》してきたとしてもなんらおかしいことはないと思うのだが……

「なんか浦島《うらしま》が、あたしの婚約者ってことになってるんだけど……」

「……はい？」

その瞬間、場の空気が一瞬で凍り付いた。

想像の十倍くらいは予想外の発言だったため、恵太はもちろん、他のみんなもその場で固まってしまっており――

それにはまったく気づかずに、生気の抜けた表情をした瑠衣が更に続ける。

「あたしたち、将来結婚するみたい……」

あとがき

※ネタバレを含みますので本編未読の方はご注意ください。

『ランジェリーガールをお気に召すまま3』をお手に取ってくださり、ありがとうございます。

今回は雪菜《ゆきな》回ということで、雪菜ちゃんマシマシでラブコメ比率も多めになっていましたが、いかがでしたでしょうか？

個人的に印象に残っているのは、やはり雪菜ちゃんのブラのホックが弾《はじ》け飛ぶシーンですね。

一巻でフロントホックブラを登場させた時から、いつかこのフロントホックが弾け飛ぶ様を書きたいと思っていましたが、ようやくその夢が叶《かな》いました。

胸の大きさに耐えられずに破損するブラ。

それを男子に見られて恥ずかしがる女の子。

一連の流れには様式美すら感じます。

定番ですが、巨乳ヒロインなら一度はやっておきたいエピソードですね。

そして、なんといっても表紙のスポーツウェア姿の雪菜ちゃんに乾杯です。

巨乳にスポーツブラの組み合わせも素晴らしいですし、服の間からチラリと覗《のぞ》くおへそはどうしてあんなに魅力的なんでしょうね？

チラチラ見えるからこそ目を引かれると言いますか、なんなら全裸よりも興奮するのは私だけでしょうか。

今回、作中では夏本番に入ったということで、ヒロインの皆さんには作者の欲望の赴くままに愛らしい水着姿になっていただきました。

これまた素晴らしいカラーイラストにしていただき、こちらも感無量です。

しかし改めて思ったのですが、下着は見せちゃダメだけど水着ならＯＫというのはいったいどういう基準なんでしょうね？

布の面積的には同じはずなのに、本当に謎すぎます。

どなたか、この疑問に有力な回答をお持ちの方がいらっしゃいましたら是非とも教えてください。

と、そんな話をしているうちにあとがきのページも埋まりましたね。

今回、ヒロインのひとりが主人公に告白したことにより、これからもっとラブコメが加速していくと思いますので、今後の展開を楽しみにしていただければ幸いです。

それでは次は、四巻でお会いしましょう。

花《はな》間《ま》燈《とも》

MF文庫J

ランジェリーガールをお気に召すまま 3

2022年10月25日　初版発行

著者　花間燈

発行者　青柳昌行

発行　株式会社KADOKAWA
〒102-8177 東京都千代田区富士見2-13-3
0570-002-301（ナビダイヤル）

印刷　株式会社広済堂ネクスト

製本　株式会社広済堂ネクスト

Printed in Japan　ISBN 978-4-04-681831-7 C0193

●お問い合わせ
https://www.kadokawa.co.jp/（「お問い合わせ」へお進みください）
※内容によっては、お答えできない場合があります。
※サポートは日本国内のみとさせていただきます。
※Japanese text only

◇◇◇

【 ファンレター、作品のご感想をお待ちしています 】
〒102-0071 東京都千代田区富士見2-13-12
株式会社KADOKAWA　MF文庫J編集部気付「花間燈先生」係「sune先生」係